절대호위 護衛

문용신 新무협 판타지 소설

FANTASTIC ORIENTAL HEROES

절대호위 11

문용신 新무협 판타지 소설

초판 1쇄 찍은 날 § 2016년 3월 18일
초판 1쇄 펴낸 날 § 2016년 3월 25일

지은이 § 문용신
펴낸이 § 서경석

편집책임 § 한준만

펴낸곳 § 도서출판 청어람
등록번호 § 제1081-1-89호
등록일자 § 1999. 5. 31
어람번호 § 제2-2647호

주소 § 경기도 부천시 원미구 심곡2동 163-2 서경B/D 3F (우) 14640
전화 § 032-656-4452 팩스 § 032-656-4453
http://www.chungeoram.com
E-mail § chungeorambook@daum.net

ⓒ 문용신, 2014

ISBN 979-11-04-90708-1 04810
ISBN 979-11-316-9156-4 (세트)

※ 파본은 구입하신 서점에서 교환하여 드립니다.
※ 저자와 협의하여 인지를 붙이지 않습니다.
※ 이 책은 도서출판 청어람과 저작자의 계약에 의해 출판된 것이므로,
무단 전재 및 유포·공유를 금합니다.

정룡
절대호위 護衛
11

문용신 新무협 판타지 소설

FANTASTIC ORIENTAL HEROES

도서출판 청어람

第一章 아픔을 삭이는 방법　　　7
第二章 무엇이 문제냐　　　39
第三章 의문의 똥보　　　81
第四章 무림행　　　133
第五章 죽여, 저놈을　　　181
第六章 이별, 그리고……　　　229
第七章 바람을 몰고　　　267

第一章
아픔을 삭이는 방법

사랑해. 네가 가진 악마의 모습까지도.

—조비연

"살려주세요, 공자님을 살려주세요. 흑흑흑, 흑흑."

애가 타는 시시의 울음. 독조 소후연이 치료를 위해 부상 부위를 드러내자 외수의 상태가 더욱 처참하게 보이는 탓이다.

"울지 말고 물러서 있거라. 괜찮다."

대단히 빠른 손놀림으로 치료를 해가는 소후연. 치료 속도로 명의를 구분한다면 그는 명의 중의 명의일 듯했다.

뒤에서 내려다보는 궁뇌천도 외수 전신의 흉터들을 확인하며 인상을 찌푸렸다. 어차피 이렇게 될 일이었으면 처음부터 무공을 가르칠 걸 그랬다는 후회가 들 정도였다.

혼자서 모든 걸 해결해 온 녀석. 곤양에서의 그 가혹했던 억압도, 세상에 나온 뒤에도 오로지 혼자였던 녀석이었다.

'독한 놈!'

마음이 아리는 궁뇌천이었다.

"다 되었소."

상처들을 전부 봉합한 소후연이 손을 거두었다.

"독을 당한 흔적이 있지만 그야말로 흔적만 있을 뿐이오. 어떻게 했는지 말짱하오."

그의 말에 눈물이 그렁그렁한 시시가 물었다.

"그럼 안 죽는 거예요?"

소후연이 돌아보고 피식 웃었다.

"그렇다. 부상만 있을 뿐이다."

그때 외수를 보고 있던 곽천기와 연우정이 바닥에 떨어진 외수의 검에 관심을 보였다.

"이거… 어떻게 여러 개의 검신들이 같이 펼쳐지는 거지?"

작용이 궁금한 곽천기. 그가 검을 집어 들려고 손을 뻗었다. 하지만.

"웃, 뭐야. 이거 왜 이래?"

한 손으로 감당이 안 되자 두 손으로 용을 쓰며 집어 드는 곽천기였다.

"왜 그러시오?"

"굉장히 무거워. 이걸 어떻게 사용하지? 내력을 운용한다고 해도 사용하기엔 너무 무거운데?"

"얼마나 무겁기에… 어디 한번 줘보시오."

연우정이 손을 내밀었다.

"으읏, 이런?"

검을 받아 들고 황당해하는 연우정. 도저히 한손으론 들 수 없는 무게였던 탓이다.

"그저 놀라운 검이구려. 특별한 내공이 필요한 모양이오."

이해 안 된단 얼굴로 이리저리 검을 놀려보고 또 살펴보는 두 사람.

그런데 두 사람의 행위를 보고 있던 시시가 더 이해 안 된단 표정으로 눈을 껌뻑였다.

무겁다고……?

"으휴, 더 들고 있지도 못하겠어."

손목이 아프단 듯 결국 연우정이 검을 다시 바닥에 내려놓았다.

그러자 고개를 갸웃대던 시시가 슬그머니 다가섰다. 외수에겐 없어선 안 될 특별한 검이기에 챙기려는 것이었다.

연우정이 그런 시시를 보며 만류했다.

"아서라. 손목 다친다."

그런데.

스윽.

연우정의 눈치를 보며 한 손으로 가볍게 집어 들고 외수 옆

아픔을 삭이는 방법 11

으로 가 버리는 시시.

"윽?"

연우정도 곽천기도 휘청했다.

"뭐, 뭐야. 어떻게 된 거야?"

뒤집어질 듯이 기겁을 하는 두 사람. 왜 아니 그럴까. 자신들이 내력까지 써가며 낑낑대던 것을 한낱 시녀로 보이는 아이가 비쩍 마른 나뭇가지 같은 손으로 달랑 집어 가버렸는데.

"고, 고수??"

두 사람은 순간 시시가 엄청난 내공을 지닌 고수일지도 모른단 생각을 했다. 하지만 어디로 봐도 무공을 익힌 흔적이라곤 보이지 않는 그냥 평범한 시녀 아이.

"어, 어찌……. 너 뭐야?"

기가 막힌 곽천기와 연우정. 왠지 창피하기도 하고 신기하기도 하고 눈알만 굴려댔다.

두 사람이 알 리 없었다. 시시에게 외수와 교감하는 특별한 기운이 있다는 것을.

즉, 외수가 시시의 기운을 가져가는 만큼 시시 역시 그만큼 외수의 나쁜 기운을 받아들여 중화시키기에 외수에게만 작용하는 무극검의 묘용이 그녀에게도 똑같이 작용하는 탓이었다.

물론 그것은 시시도 몰랐다. 그런 이유로 자신이 외수의 검을 들 수 있다는 것 자체를 아예 생각지 않고 있었다.

유일하게 그 까닭을 아는 궁뇌천만이 싱긋이 흡족한 웃음을 머금고 있을 뿐이었다.

"독조, 저쪽도 가보아라."

궁뇌천의 말에 소후연이 마차 쪽을 쳐다보았다.

어두운 안색을 한 자들이 주섬주섬 기어 나오고 있는 두 대의 마차. 독과 의술에 있어 신의 경지에 이른 자답게 그는 바로 죽음의 기운을 느꼈다.

"알겠소. 쳇, 바쁘게 생겼군."

반야의 눈 때문에 끌려왔다가 졸지에 엉뚱한 힘을 쓰게 된 소후연이다. 그가 의료 도구들을 챙겨 들고 마차로 향하자, 시시는 그제야 편가연과 송일비를 의식하고 외수의 검을 안은 채 허겁지겁 마차로 달려갔다.

그리고 마차에서 나온 의원들에게 편가연의 상태부터 물었다.

"아가씨, 아가씨는 어떤가요?"

"여전히 사경 중에… 계신다."

마주보지도 못하는 의원들.

"다들 물러서 주세요."

시시는 즉시 그들을 비켜서게 했다. 그리곤 느긋이 걸어오는 소후연을 달려가 끌고 오기라도 할 것처럼 쳐다보며 발을 동동 굴렀다.

어떤 사람인지조차 모르는 상태지만 궁뇌천과 같이 온 그가 펼치는 신기에 가까운 의술을 확인한 후였기 때문이다.

시시는 소후연이 마차 앞에 이르자 통사정부터 했다.
"제발 살려주세요, 우리 아가씨 좀."
소후연이 짓궂게 쌔렸다.
"살려달란 소리를 아예 달고 다니면서 해대는구나. 참고로 난 살리는 것보다 죽이는 것을 더 잘하는 사람이다. 일단 비켜 보아라. 사람을 봐야 죽이든 살리든 할 게 아니냐."
시시는 얼른 비켜서며 마차 문을 더욱 활짝 열어주었다.
"음······."
마차 안을 확인한 소후연이 인상부터 찌푸렸다. 마차 안에 가득한 독향(毒香)이 예사롭지 않은 탓이다. 거기다 편가연의 피부색도 이미 독이 전신으로 퍼졌음을 말해주고 있었다.
서둘러 마차 안으로 올라서는 소후연.
"이 아이가 극월세가 주인이냐?"
"네. 어떤가요? 살 수 있겠죠? 살릴 수 있죠?"
조급하게 구는 시시.
그녀의 안달에 소후연이 장난을 쳤다.
"살려주면 어쩔 테냐?"
"네?"
당황해 우물거리는 시시를 보며 소후연이 씨익 웃기만 하곤 공력을 모은 손으로 편가연 전신의 혈도를 두들겨 갔다.
투두둑 투두두둑.
역시 빠른 손놀림.

그런데 그 모습을 끝으로 그가 다시 마차 밖으로 나왔다.

"어머! 왜, 왜 나오시는 거죠?"

시시가 어쩔 줄을 몰라 했다.

다시 웃는 소후연.

"이 녀석아. 그럼 뭘 더 하랴. 독을 당했는데 칼로 살을 찢고 수술이라도 하랴?"

"아닌… 가요?"

"의원들이 할 건 다 해놓았구나. 해독만 하면 된다."

"그럼……?"

"그래. 살 수 있다. 살려주마. 해독할 재료들을 구해올 테니 기다려라. 여러 가지가 필요하지만 모두 자연에서 어렵지 않게 구할 수 있는 것들이다."

"……."

"낄낄, 감히 내 앞에서 독을 갖고 장난을 쳐? 가소로운 것들!"

쑹—

혼자 낄낄댄 소후연이 섰던 자리에 먼지를 확 일으켜 놓고 벼락같이 솟구쳤다.

까마득히 날아가는 그를 시시가 넋을 놓고 쳐다보았다. 아무것도 아니란 듯 너무도 쉽게 말한 그였지만 시시는 편가연과 송일비가 살 수 있단 믿음이 생겼다.

그래도 시시는 자신과 소후연을 보고 있는 궁뇌천과 눈이 마주치자 바로 그에게 달려가 다시 한 번 읍소했다.
"아가씨를 살려주실 거죠? 저쪽 마차에 궁 공자님의 친구이신 송일비 공자도 독침에 당해 사경을 헤매고 계세요."
편가연의 마차와 송일비가 탄 파괴되어 주저앉은 마차까지 번갈아 가리키며 애를 태우는 시시. 정혼녀이고 며느리 될 사람이니 궁뇌천이 결코 죽게 내버려 두지 않을 거란 믿음이 있었다.
애태우는 모습을 보고 있던 궁뇌천이 그녀의 믿음에 확신을 주었다.
"걱정마라. 독조가 살린다면 틀림없이 그런 거다."
시시는 그제야 안도의 한숨을 몰아쉬었다.

*　　*　　*

으드득, 으득.
아들 무열을 데리고 도주하는 편장우는 끓는 분노를 참지 못하고 이를 갈아댔다.
단순히 편가연을 죽이는 데 실패해서만이 아니었다. 무왕 동방천의 신공에 무적신갑까지 얻어 감히 상대할 자가 없을 줄 알았던 아들 무열이 무참히 깨졌기 때문이고, 자신 또한 무인에게 있어 생명과도 같은 오른팔을 잃었기 때문이었다.
분명 영마였다. 일신의 능력을 몇 배로 증강시켜 폭발시킨다는 영마.

그걸 모르고 설친 게 이런 결과를 낳았다. 알았더라면 결코 이런 식의 접근은 하지 않았을 터였다.

"빠드득!"

으깨지도록 이를 간 편장우는 팔이 사라진 자신의 어깨를 내려다보았다. 당장 치료가 필요한데도 그럴 시간조차 없다는 게 더 비참하고 화를 끓게 했다.

자신의 팔을 날린 그 인간. 폭주한 영마보다 더 가공할 공력을 보인 그자는 또 누구란 말인가.

그리고 그와 같이 왔던 자들은?

편장우를 달리는 와중에도 뒤를 힐끔힐끔 돌아보았다. 추격을 염려하는 탓이었다.

이대로 멈추어도 죽고 도주해도 이제 별 희망이 없었다. 무열이 이 지경이 된 데다 그런 자들까지 있는 극월세가를 무슨 수로 넘본단 말인가. 절망적인 상황, 갈수록 낙심만 커지는 편장우였다.

그때 무열이 입을 열었다.

"아버지……. 쿨럭!"

기침과 함께 울컥 피를 토하는 무열.

"말을 하지 마라. 곽추 등 아이들이 기다리는 곳까지만 가면 된다."

"아버지……."

늘어진 상태에 계속 핏덩이를 게워내던 편무열은 아버지 편장우의 만류에도 억지로 말을 이었다.

"구절신공을… 구성이 아닌 십성, 십이성까지… 밀어붙여 봐야겠어요."

"……!"

편장우는 대답하지 못했다.

무왕 동방천 본인도 이겨내지 못한 경지였지만 무열은 이런 상황에 말려도 끝내 시도할 성격이었고, 또 그런 힘이 아니고선 이 상황을 극복할 수 없었기에 입이 떨어지질 않았다.

"반드시, 반드시 놈들을… 죽이고 말겠어요."

이 와중에도 호승심과 끓는 분노로 이를 갈아대는 무열.

"그래. 네 뜻대로 하자. 너라면 할 수 있을… 게다."

당장의 상황에 용기를 주기 위해 한 말이었지만 정말 그 길을 선택해야 될지도 모른단 생각에 편장우는 더욱 참담해졌다.

"가, 가주?"

편무열을 부축한 편장우가 제법 큰 마당이 있는 버려진 폐가로 날아들자 대기 중이던 사내들이 혼비백산 앞다투어 달려왔다.

"어찌 된 일입니까, 이게 무슨……?"

두 사람의 무참한 모습에 기겁을 한 곽추.

"우선 안으로 들어가자. 한 사람은 밖을 감시하고."

편장우는 부축하는 수하들과 함께 서둘러 폐가 안으로 들어갔다.

"가주?"

편장우의 오랜 충복 곽추는 일일이 확인하지 않아도 상황을 한눈에 파악할 수 있었다. 무망살들이 보이지 않았고 두 사람이 이 지경이 되었다는 건 계획도 실패했다는 것.

"우선 치료부터 하겠습니다."

"시간이 없다. 대충 싸매기만 해라."

마음이 급한 편장우.

팔이 사라진 어깨의 출혈을 막기 위해 응급처치를 시작한 곽추였지만 편장우의 눈은 아들 무열에게서 떨어질 줄을 몰랐다.

"가주, 무슨 일이 있었던 것입니까? 어째서 이런 참담한 꼴을……."

"추격이 있을 것이다. 어서 떠나야 해!"

급한 편장우였다. 그는 어깨가 다 싸매지기도 전에 엉덩이를 들고 일어났다.

하지만 움직일 수 없었다. 걱정했던 것이 바로 날아든 탓이다.

"누구시오?"

바깥에서 들린 목소리. 추격자가 따라왔단 뜻이었다.

편장우는 곽추의 손길을 뿌리치고 얼른 문간으로 붙어 틈 사이로 바깥을 확인했다.

"……?"

뜻밖의 인물들.

'저 늙은이들이?'

곽추와 다른 충복들도 모두 창문 틈을 통해 밖의 상황을 확인했다.

전혀 예상치 못한 인물들. 바로 무림삼성이었다.

그들이 왜 나타났는지 모르지만 편장우로선 어쨌든 낭패였다. 그들이 쫓아왔다는 건 극월세가의 행렬을 습격하는 걸 보았단 뜻이고, 삼성 중 한 사람 정도는 편장우의 얼굴을 알 수도 있었기 때문이다.

막막한 상황에 곽추가 이를 악물었다.

[가주, 저희가 막겠습니다. 바로 공자를 데리고 떠나십시오.]

돌아보는 편장우. 비장한 표정의 곽추였다.

[상대할 수 있겠느냐?]

[일 각 정도는 버텨보겠습니다.]

[……]

편장우는 말을 잇지 못했다. 목숨을 여기서 바치겠다는 수하.

다른 이들의 눈빛도 마찬가지였다.

[어서 떠나십시오. 그동안 베풀어주신 은혜에 이렇게라도 보은을 할 수 있게 되어서 기쁩니다.]

곽추의 재촉.

안타까워하고 있을 틈이 없는 편장우였다. 그는 바로 곽추 등을 뒤로하고 아들 편무열을 다시 옆구리에 끼었다.

*　　　*　　　*

달아난 두 사람을 추격해 온 구대통과 무양, 명원.

세 사람은 폐가가 있는 마당에 내려서서 문 앞을 지키고 선 사내를 쏘아보았다. 자신들을 모르는 것인지 아니면 알면서도 모른 척 시치미를 떼는 것인지 조금의 흔들리는 기색도 없이 당당한 사내.

마당에 떨어진 핏자국이 선명했다. 그 흔적은 쫓아오는 내내 이리로 이어졌고 폐가 안의 기척도 확연히 느낄 수 있었다.

구대통이 일말의 망설임도 살기를 뿜어내며 검을 뽑았다.

"나오게 할 테냐, 아니면 우리가 들어가랴?"

대답은 바깥의 사내가 아니라 안에서 들려 나왔다.

"어째서 무림삼성께서 여기까지 행차한 것이지?"

제법 공력을 돋워 뇌까린 목소리. 문이 열리고 곽추를 선두로 편장우의 수하들이 하나둘 나섰다.

"흠, 우릴 안단 말이지."

구대통이 사내들의 면면을 자세히 살폈다. 하지만 본 적도 없고 그 정체조차 가늠해 볼 수 없는 자들.

"안에 있는 두 놈도 기어 나오너라."

구대통의 호통에 곽추가 눈 위로 그어진 칼자국을 실룩이며 비아냥댔다.

"흐흐, 왜 이러실까. 검까지 뽑아 들고. 세 분이 대관절 여기 나타난 이유가 무엇이오?"

"대관절? 몰라서 묻느냐? 네놈들이 극월세가를 노리는 이유가 무엇이냐?"

"뒷방에 박혀 오늘내일 날짜나 꼽고 계셔야 할 분들이 왜 남의 일에 끼어들고 난리실까. 상관없잖소? 무림의 일도 아닌데 끼어들지 말고 그냥 가던 길이나 마저 가시구려. 그게 세 분이나 위해서나 무림을 위해서 좋을 테니."

"……."

전혀 두려워하는 기색도 없이 느물느물 되레 협박까지 하는 사내. 구대통이 쌍심지를 세우는 그때 무양이 검을 뽑으며 움직였다.

"암왕 당호를 죽인 것도 네놈들이냐?"

예리한 무양이었다. 편무열이 궁외수와 싸울 때 그의 무적신갑이 가진 묘용을 보고 궁외수가 아닌 그가 자행한 범행일 수도 있겠단 생각을 가진 것이다. 거기다 완전히 실전되었던 무왕 동방천의 구절신공까지 지닌 인간이라면 더욱 의심의 여지가 컸다.

 무양의 말에 뒤늦게 구대통과 명원신니도 머릿속이 번쩍했다.

 하지만 곽추는 비시시 웃었다.

 "호호호, 천만에. 모르는 일이오. 뭘 뒤집어씌우려는 것이오?"

 "네놈들이 아니라고 해도 믿을 성싶으냐. 모두 잡아놓고 여부를 밝히겠다."

 검을 늘어뜨린 채 다가서는 무양.

 "멈추시오! 정녕 사태를 파탄으로 몰고 갈 작정이오?"

 시간이 필요한 곽추가 짐짓 고함을 내질렀으나 무양은 아랑곳하지 않았다.

 이미 극월세가를 공격한 흉수를 빤히 확인했는데 더 이상 쓸데없는 말 지껄이고 있을 필요가 없단 태도였다.

 무양의 거침없는 행동에 구대통과 명원도 바로 움직였다.

 그런데 그때 무양의 눈매가 매서운 빛을 내며 짧게 흔들렸다.

 구대통과 명원도 마찬가지였다. 안쪽의 움직임을 포착한 것이 이유였다.

 "이것들이?"

 무양이 즉시 폐가를 뛰어넘기 위해 위로 솟구치고 구대통과 명원이 문을 향해 신형을 쏘아냈다.

도주의 움직임. 아니나 다를까 곧바로 땅을 박차고 달려 나가는 말발굽 소리가 집 뒤쪽에서 들렸다.

곽추의 고함을 질렀다.

"막아!"

두 명의 사내가 솟구친 무양을 저지하기 위해 뛰어오르고 곽추 등 네 사람이 문으로 달려드는 구대통과 명원을 맞아 뒤엉켰다.

카앙! 콰콰쾅!

일검에 뚫고 나가기 위해 무양과 구대통, 명원은 전력을 다했다. 하지만 필사를 각오한 탓일까. 세 사람은 가로막는 자들을 한 번에 베어내지 못했다.

악착같은 자들. 동귀어진을 염두에 두고 칼을 내뻗어 오는 데야 수가 없었다. 목을 내어주고 대신 팔다리 어느 한 곳 온전히 움직일 수 없도록 만들어 놓겠단 식인 자들.

무림삼성이 주춤하는 사이 달려가는 말발굽 소리는 점점 멀어지고 마음만 급해졌다.

"이런 빌어먹을 놈들!"

슈아악! 콰쾅!

거칠게 가혹한 살수를 펼쳐 가는 구대통과 무양, 그리고 명원.

그러나 놈들은 정말 악착같았다. 거기다 무위들도 보통이 아니었다. 무림에 드러났더라면 제법 이름을 얻었을 만한 무위들. 극월세가 행렬을 습격했던 복면의 괴인들보다 오히려 높은 수위의 무력을 갖춘 자들이었다.

구대통이나 무양이나 놈들이 평범한 하수인들이 아니란 걸 그들의 눈빛에서 알 수 있었다.

전혀 죽음을 두려워하지 않는 눈빛들. 오히려 섬기는 자를 위해 이렇게 대신 죽을 수 있다는 걸 기꺼워하는 눈초리들이었다.

콰콰쾅! 쾅쾅! 콰앙!

"젠장!"

세 사람이 여섯 모두를 숨이 끊어져 전혀 움직일 수 없을 정도로 베어 눕혔을 땐 거의 이 각의 시간이 흐른 뒤였다.

징글징글하단 듯 고혼이 된 여섯 사내를 잠시 쓸어본 세 사람이 누가 먼저랄 것도 없이 즉시 신형을 날려 다시 추격에 나섰다.

놓치면 안 되는 자들. 추격이나 추적 따위하곤 거리가 먼 무림삼성이었지만 그래도 가진 모든 능력을 발휘해 뒤를 쫓아갔다.

* * *

어둠이 내리기 시작한 시간.

편가연 옆을 지키고 앉아 있던 시시는 잠든 그녀를 보며 가만히 일어섰다.

소후연의 해독 치료 이후 혈색이 많이 돌아오고 있는 그녀였다.

그럼에도 시시는 침울한 기색을 지우지 못했다. 조용히 물러나 방문을 열고 나가는 시시.

제법 크고 잘 지은 농가였다. 치료를 위해 온조와 위사들이 급하게 물색해 양해를 구하고 가장 가까운 곳에 통째로 빌린 집.

거실에 온조를 비롯한 위사들이 근심 어린 표정들을 하고 한쪽에 앉아 있었다.

시시는 거실을 가로질러 맞은편 두 개의 방문이 나란히 있는 곳으로 가 멈춰 섰다.

하나는 궁외수가 치료를 받고 있는 방이었고, 다른 한쪽은 송일비를 뉘여 놓은 방이었다.

모두 소후연이 치료를 끝낸 상태.

시시는 어느 방을 들어가야 할지 모르는 사람처럼 잠시 우두커니 서 있었다.

그러다가 비스듬히 문이 열린 방 쪽으로 가 안을 들여다보았다.

궁뇌천과 그를 따라온 세 사람이 보였다. 그리고 외수의 침대 옆에 앉아 있는 반야도 보였다.

더욱 가슴 저린 기색을 보이는 시시. 그녀는 눈물을 떨굴 것처럼 안을 보고 있다가 가만히 문을 닫았다. 그리곤 쓸쓸히 걸음을 옮겨 송일비의 방문을 열고 안으로 들어갔다.

구석자리 침대 위 혼자 덩그마니 벽을 보고 옆으로 뉘어진 송일비. 편가연처럼 아직 의식이 깨어나지 못한 그였다.

문을 닫고 우두커니 선 시시는 결국 울먹였다.

발등으로 뚝뚝 떨어지는 뜨거운 눈물. 궁외수 때문에, 송일비 때문에 흘리는 눈물이었다.

한참을 그대로 서서 흐느끼던 시시는 완전히 어둠이 내린 뒤에야 조금씩 움직여 방 안 등촉(燈燭)에 불을 밝히고 송일비 앞으로 다가가 앉았다.

붕대에 칭칭 감긴 그의 등.

궁뇌천과 같이 온 독조란 영감님은 궁외수가 송 공자의 등을 파고든 독침과 독을 빠르게 날린 덕에 살 수 있게 된 것이라 했었다. 그게 아니었다면 벌써 죽었을 것이라고.

다시 눈물이 지어지는 시시. 송 공자가 자신을 구하려 몸을 날려 오던 장면이 너무도 생생했다.

그가 아니었다면…….

"죄송해요, 송 공자님. 저 때문에…….'

시시는 감정을 추스를 수 없었다. 자리에서 일어날 수도 없었다.

끊임없이 솟구치는 눈물. 시시는 그렇게 하염없이 송일비 앞을 지키고 앉아 있을 수밖에 없었다.

　　　　　＊　　＊　　＊

　달빛이 훤하게 비추는 길.
　무결은 어느 정도 거리를 두고 앞서가는 조비연의 뒤를 일언반구 없이 따라 걸었다.
　그럴 수밖에 없었다. 그녀가 쫓아오지 말라며 거듭 화를 내고 있었기 때문이다.
　하지만 무결은 그녀를 두고 발길을 돌릴 수가 없었다. 궁외수의 부탁도 있었거니와 무엇보다 그녀가 다친 상태였기 때문이다.
　세상 어디까지든 쫓아갈 태세인 편무결.
　그런데 그의 걸음이 우뚝 멈추고 말았다. 앞서가던 조비연이 먼저 걸음을 멈추고 신형을 돌렸을 때였다.
　쉬이이이―
　가늘고 섬세하게 찢겨지는 파공성.
　그 찢기는 소리가 이 달빛 밝은 밤에 어울린다는 생각을 갖는 그 순간 자신을 향해 날아든 아주 선명한 달빛 조각들을 보았다.
　"……."
　눈앞에 뜬 일곱 개의 작은 달빛 조각들을 미동도 없이 물끄러미 응시하는 무결.

"아름답구려."

"왜 자꾸 쫓아오는 거지. 갈길 가라고 했을 텐데?"

무결의 말에 비해 대단히 날이 선 비연의 목소리가 다시 한 번 밤공기를 찢었다.

"그럴 수 없다 말하지 않았소. 나와 같이 갑시다. 우선 제대로 치료부터 하고……."

"시끄러!"

비연의 고함과 같이 일곱 개의 비도가 바르르 떨었다.

"내 말을 장난으로 듣지 마라. 지금부터 한 발짝이라도 날 따라오면 널 베어버릴 테니까!"

"……."

쏘아보는 조비연의 눈길. 무결은 그녀의 진심을 읽을 수 있었다.

그때.

투투툭 투투툭.

눈앞에 떠 있던 일곱 개의 비도들이 한꺼번에 땅바닥으로 떨어졌다.

무슨 의미인지 몰라 떨어진 비도들을 내려다보는 편무결. 그리고 이어진 조비연의 말에 퍼뜩 고개를 들었다.

"갓다 줘, 궁외수에게!"

"……?"

어리둥절한 무결.

아픔을 삭이는 방법 29

비연이 기다리지 않고 그대로 돌아서 멀어져가며 말을 이었다.

"그리고 날 찾지 말라고 전해. 그것이 비도를 주는 대신 내게 한 약속을 지키는 것이라고."

"……."

편무결로선 알 수 없는 말이었다.

무결은 멀어져 가는 조비연을 보며 서둘러 비도들을 주워 들었다.

하지만 쫓아갈 순 없었다. 그녀의 비장한 눈매, 더없이 처연했던 음성. 쫓아 움직였다간 그녀의 감정들이 더 크게 폭발할 것 같아서였다.

그렇게 비연은 무결을 남겨둔 채 아픈 다리를 절룩대며 떠나갔다.

* * *

외수가 깨어난 건 농가를 빌려 머문 지 이틀이 지났을 때였다.

한밤중에 의식을 차리고 슬그머니 눈꺼풀을 들어 올린 외수. 괴성을 지르거나 발악을 하는 모습은 전혀 없었다.

그의 돌아온 의식을 가장 먼저 알아차린 건 손을 잡고 있던 반야였다. 그녀는 너무 기쁜 나머지 자기도 모르게 궁뇌천을 불러 버렸다.

"아, 아버님!"

"으음······."

그녀의 목소리를 외수가 못 들었을 리 없었다.

다친 곳들이 아픈지 인상을 쓰며 상체를 일으킨 외수는 한쪽 손을 짚은 구부정한 자세로 눈을 찌푸린 채 방 안을 확인했다.

겨우 촛불 따위가 고작이라 침침한 방 안.

"···누굴 부른 거야, 아버님이라니?"

반야가 대답을 못 하고 쭈뼛거리고 있을 때 구석 의자에 느긋이 몸을 묻고 있던 궁뇌천이 일어섰다.

"내가 그리 부르라 했다."

처다보는 외수. 그가 어떻게 이곳에 있는지 기억조차 나지 않았지만 퉁명스럽게 받아치기부터 했다.

"이젠 반야에게 수작질이오?"

"이놈이?"

인상을 긁는 궁뇌천. 그러나 외수는 상대하지 않고 머리가 아픈 듯 미간으로 손을 가져갔다.

지끈거리는 머리. 폭주 중의 기억들이 어렴풋이 뒤엉키고 있는 탓이었다.

"괜찮으세요?"

반야의 걱정에 다시 방을 둘러보는 외수.

"여긴 어디야?"
"그냥 일반 농가예요."
외수는 잠시 기억을 더듬으며 상황들을 유추해 보았다.
"다들 어디 갔지?"
"각자 자기 방에……."
"편가연과 송일비는?"
"치료 후 회복 중이세요."
"괜찮은 거야?"
"네… 독은 말끔히 해독되어 괜찮을 거라고……."
반야가 자신 없는 대답을 하곤 확인하듯 궁뇌천을 돌아보자 외수도 따라서 쳐다보았다.
궁뇌천이 대답했다.
"걱정 마라. 둘 다 생사엔 무관하다."
"영감은 또 어쩐 일이오. 직접 손을 쓴 것이오?"
다시 반야가 대답했다.
"아니에요. 같이 오신 영감님께서 해독과 치료를 해주셨어요."
"같이 온 영감?"
"네. 그분께서 제 눈도 해독해 주실 거라고……."
"……?"
눈을 해독해 준단 말에 외수의 표정이 일시에 변했다.
"왜 그런 눈깔로 보는 것이냐, 못생긴 놈아."

"도대체 정체가 뭐요?"

"네 애비다!"

쏘아붙이듯 퉁명스런 궁뇌천의 대꾸에 외수의 안면이 일그러졌다. 당연히 농담으로 받아들이는 탓이다.

그 순간 반야가 킥 하고 입을 가리며 웃음을 토했다.

더욱 인상을 쓰며 이까지 갈아대는 외수.

정말 똑같았다. 말투며 행동이며, 나이와 외모만 아니라면 정말 같은 사람이라 생각될 정도로 똑같은 모습. 그래서 외수는 더 징글징글했다.

"좋기도 하겠소. 천하제일 난봉꾼에 사기꾼이 되신 거!"

"으윽!"

이번엔 궁뇌천의 인상이 구겨졌다. 역시 자신이 했던 행위들이 찔리는 탓이다.

따지고 보면 그것도 문제였다. 뭐라고 할 것인가. 네 엄마 지기 때문에 다른 생각 못 하도록 생고생만 시켰다?

미안하다. 아들의 운명을 걱정하는 아비로서 어쩔 수 없었다?

민망한 궁뇌천이었다. 그렇게 말한다는 것도 쑥스러웠다. 따지고 보면 외수 입장에선 너무도 가혹한 처사였지 않은가.

여덟 살밖에 안된 아들을 보듬어 살펴주기는커녕 육체적은 물론 정신적으로까지 틈을 갖지 못하도록 혹사시키지 않았던가.

물론 마음이 편했던 것은 아니었다. 오히려 형언할 수 없을 만큼 괴로웠다. 어린 아들을 그렇게 내몰아놓고 억지 병자 노릇에 도박, 주색에 빠져 사는 한량으로 보여야 하는 아비가 어찌 괴롭지 않을까.

거기다 어차피 이리 되었을 일. 스스로가 헤쳐 나갔어야 할 운명을 자신이 간섭해 좌지우지하려 했다는 점도 미안했다.

"흠!"

궁뇌천도 표정을 바꾸고 같이 외수를 째려보았다. 어차피 변명하고 사과를 해야 할 일이라면 나중을 위해서라도 당당해질 필요가 있었다.

"흐음, 세상의 모든 일이 네 생각과 같지 않을 수도 있단 걸 명심해라."

"무슨 개뼈다귀 같은 소리요?"

"눈에 보이는 것이 전부가 아니란 뜻이다."

"……?"

갑자기 뭔 소린지, 어이없단 표정의 외수.

궁뇌천도 말을 해놓고 어색하고 민망해 슬그머니 돌린 눈으로 천장과 벽만 긁어댔다.

콧방귀를 뀐 외수가 붕대가 칭칭 감긴 몸을 이끌고 일어났다. 어깨와 가슴팍의 부상이 통증을 일으켰지만 아랑곳하지 않고 문으로 움직였다.

"어머, 공자님……?"

"그 몸으로 어딜 가느냐?"

반야와 궁뇌천이 동시에 걱정을 하며 물었지만 어떤 반응도 없이 밖으로 나가는 외수. 이런저런 기억 때문에 머리가 터질 것 같은 그였다.

"공자!"

여전히 어두침침한 등촉의 불빛만이 전부인 거실에서 위사들과 아무렇게나 퍼질러 있던 온조가 외수를 보곤 반색을 했다. 동료 위사들도 일제히 일어나며 외수의 거동을 반가워했다.

"무사하셔서 다행입니다."

잠시 쓸어본 외수는 그들의 말도 무시하고 맞은편 우측에 보이는 방으로 향했다.

덜컥.

망설임 없이 문을 여는 외수. 예상대로 편가연의 방이었고 그녀가 잠든 듯 누워 있었다.

혼자였다. 그녀의 옆에 있을 줄 알았던 시시는 보이지 않았다.

외수는 물끄러미 편가연을 쳐다보다 천천히 안으로 들어갔다.

확연히 생기가 느껴지는 편가연. 속으로 큰 안도의 한숨을 내쉬는 외수였다.

그녀가 독침을 맞던 장면이 생생했다. 심장이 내려앉고 눈앞이 캄캄해지던 순간이었다.

어쨌든 다행이었다. 만약 그녀가 절명했더라면 외수는 좌절감에 견디지 못했을 것이었다.

외수는 홑옷만을 걸친 편가연의 어깨 옷자락을 슬그머니 들추어보았다. 독을 빼내려 수차례 칼로 찔렀던 가녀린 그녀의 어깨. 붕대가 감겨 있었지만 목덜미로 이어진 매끈한 피부가 제 색깔을 띠고 있었다.

상태를 확인한 외수는 다시 옷깃을 여며놓고 주저 없이 돌아서 나왔다. 그리곤 자기가 있던 방 바로 옆방으로 이동해 문 앞에 잠시 멈추어 섰다.

송일비의 방일 것이었다. 외수는 잠시 우두커니 섰다가 천천히 방문을 열었다.

송일비, 그리고 침대 가장자리에 두 팔을 걸치고 엎드린 시시.

"……."

외수는 뒤엉키는 심정으로 물끄러미 쳐다보다 방문을 닫고 두 사람 옆으로 걸어갔다.

시시를 구하기 위해 몸을 내던졌던 송일비. 그전에 편가연도 그가 구한 셈이었다. 그가 아니었다면 무공이라곤 모르는 두 사람이 그 많은 독침을 견디지 못했을 것이고 그 자리에서 숨이 끊어졌을 것이었다.

외수는 참담했다. 자기는 뭘 했던가.

급작스런 상황, 그 충격에 얼이 빠져 버린 그 짧은 사이에 벌어져 버린 일이었다.

 외수는 침대에 자신의 팔을 베고 엎드린 시시를 내려다보았다. 송일비의 상태를 지켜보다 잠이 든 모양. 이불보가 촉촉히 젖어 있고 흐르던 눈가의 눈물이 아직 마르지 않은 그녀였다.

 외수는 흘러내린 그녀의 머리칼을 쓸어주려 손을 뻗어가다 멈칫 그만두었다.

 안타까움이 저미는 가슴. 외수는 뻗었던 손을 움켜쥐곤 한동안 시시를 내려다보다 천천히 등을 돌렸다.

第二章

무엇이 문제냐

놈은 틈만 나면 무공을 연구하고 수련했다.
하지만 세상을 요절내기 위한 안달같이 보였다.

―궁외수를 기억하는 어떤 자

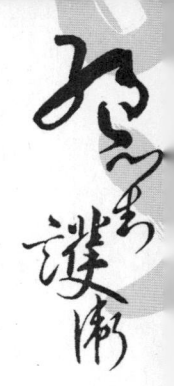

 편가연이 행사장에서 살수들의 암습을 당해 쓰러졌다는 소식은 삽시간에 퍼져 나가고 있었다.
 그 자리에 있었던 사람들. 그리고 같은 날 같은 시각 전국에서 행사를 진행했던 극월세가의 사업장에서 소식이 전해지는 탓이다.
 그리고 그 소식은 무림맹 육승후의 귀에도 빠르게 전해졌다.
 "그래서 어떻게 되었다는 것이냐? 죽었어?"
 "거기까진 확인이 되지 않고 있습니다만 독침에 쓰러진 것은 확실하다고 합니다."

"이런?"

 무림삼성의 다그침 때문에 수하 몇몇과 극월세가가 있는 영흥으로 향하던 육승후의 놀라움은 대단했다.

 전 가주 편장엽이 살해되고 극월세가가 계속되는 위협 속에 있다는 것이야 알고 있던 일이었으나, 수백 명씩 동원된 살수가 극월에 진행되는 그들의 행사장을 덮쳤다는 건 충격이 아닐 수 없었다.

 이제야 극월세가를 휘감고 있는 음모의 심각성을 자각한 육승후였다. 단순히 상가를 노리는 것이 아니라 무언가 다른 게 있다는 직감.

 육승후는 다소 상기된 얼굴을 지우지 못하고 문상 공약지와 무상 곽한도를 보며 물었다.

"이거 어떡해야 돼?"

 객잔에 마주 앉은 두 사람도 심각한 얼굴이긴 마찬가지였다.

"그런데 삼성 세 분께서 그 자리에서 편가연의 정혼자라는 그 인간과 싸웠다는 것이 이해가 되지 않는군요."

"그러니까 말이야."

 답답해하는 육승후와 공약지의 말에 이어 곽한도가 끼어들었다.

"무언가 그 친구의 죄를 확인했다는 뜻 아니겠습니까?"

"그럼 정말 암왕을 살해한 놈이 그놈?"

세 사람 모두 깊은 침음을 흘렸다.

"맹주, 그게 아니더라도 삼성께서 모든 것이 그와 연관되어 있다고 했으니 분명 뭔가를 확인했을 겁니다."

"이거 답답하군. 보통 일이 아니야. 상대가 극월세가잖아. 삼성이 그런 자리에서까지 검을 뽑았다면 무언가 확증을 갖고 대단히 진노했단 뜻인데, 그럼 궁외수란 그 아이는 어떻게 된 거야? 죽였을까?"

"아니요. 죽이진 않았을 겁니다. 그렇게 단순한 분들이 아니잖습니까. 손을 쓰셨다면 제압 정도겠지요."

"미치겠군. 어디까지 얽히는 거야? 편장엽을 살해하고 극월세가를 노리는 놈들이 있는 마당에, 삼성은 극월세가 궁외수를 공격해?"

갈피를 못 잡는 육승후.

무상 곽한도가 다시 말했다.

"중대 사태입니다. 첩혈사왕으로 의심되는 자까지 등장했다고 하니 최대한 빨리 무림회의를 소집하는 것이 좋을 듯합니다."

"그래, 그래야겠어. 모든 게 너무 복잡해. 삼성 선배들이 저처럼 직접 설치고 다닐 정도면 결코 가볍게 대할 사안이 아냐."

육승후는 즉시 둘러선 수하들에게 명령을 내렸다.

"너희들은 즉시 달려가서 지금까지의 내용을 상세히 적어 무림회의가 소집되었음을 각대문파에 전서구로 알리고 열흘 후까지 맹으로 집결해 달라 요청하라. 그리고 나머진 바로 무림삼성의 행방을 쫓아가 도대체 무슨 일이 어떻게 벌어진 것인지 확인하라."

"존명!"

"알겠습니다."

둘러섰던 자들이 줄줄이 빠져나가자 육승후도 곧바로 일어섰다.

"우선 맹으로 돌아가자. 이건 감시하고 살펴보는 것만으론 해결될 일이 아니야. 직접 부딪쳐 확인하는 수밖에 없어!"

그답지 않게 서두르는 육승후의 눈빛이 매섭게 번뜩였다.

* * *

외수는 누워 있을 수 없었다. 침대 끄트머리에 걸터앉아 꼼짝도 않는 외수. 처음으로 폭주한 자신을 느낀 탓이었다.

자칫 모두를 죽일 뻔하지 않았는가.

괴로웠다. 과연 자신이 이들의 곁에 머물러도 되는 것인지.

으드득.

이빨을 깨무는 외수.

무적신갑을 가진 그 인간. 그놈을 놓친 것이 더 분하고 억울했다.

 놈을 잡았어야 되는데, 무적신갑을 빼앗았어야 하는데. 그 놈을 잡았더라면 모든 것이 끝났을 것을.

 누구였을까.

 그와 싸움을 시작했던 순간까지의 기억만 있을 뿐이었다.

 "으드득, 젠장!"

 절절한 분노를 쏟아내는 외수.

 그러다가 외수는 문득 움찔했다. 뒤늦게 조비연이 생각난 것이다. 자신이 죽이려 했던 그녀. 편가연과 송일비, 그리고 홍수에 대한 생각만 하다 보니 그녀의 일을 잊고 있었던 것이다.

 "이런?"

 벌떡 일어나는 궁외수.

 "온조! 온조!"

 다급히 소리를 지른 외수가 방문을 열어젖혔다.

 아침 이른 시간. 거실엔 아무도 없었다. 곧장 마당으로 뛰어나가는 외수.

 "공자?"

 너른 마당이었다. 농가의 마당답게 이곳저곳 자질구레한 것들이 눈에 띄었지만 상당히 크고 넓은 마당. 위사들뿐 아니라 궁뇌천과 반야, 그리고 못 보던 얼굴들까지 거기 있었다.

 "무슨 일이십니까?"

놀란 온조가 앞으로 뛰어왔다.
"비연, 조비연은 어떻게 됐어?"
"글쎄, 모르겠습니다. 그때 이후 아직 돌아오지 않았습니다."
"……?"
외수의 눈이 심각하게 흔들렸다.
"안 돼, 그녀를 찾아야 돼!"
외수는 곧바로 돌아서 방으로 달려가 자신의 옷과 검을 챙겨 들고 다시 튀어나왔다.
"공자?"
"공자님?"
온조와 반야가 외수 앞을 막으며 무슨 일인지 걱정스러워했다.
"그녀를 남겨두고 왔어. 가서 찾아야 해! 비켜 서!"
두 사람을 밀치고 서두르는 외수.
그때 마당 끄트머리로 한 사람이 나타났다.
"조비연, 그녀를 찾아가는 것이라면 그럴 필요 없네."
"……?"
편무결. 조비연과 같이 있었던 그였다.
"그녀는 어디 있소?"
"떠났네."
마당으로 걸음을 들여놓으면 힘없이 던진 대답.

외수는 흥분했다.
"떠나다니? 어디로 말이오?"
고함이나 다름없는 흥분된 목소리.
편무결이 주위 사람들을 둘러보곤 대꾸했다.
"안으로 들어가서 얘기하면 안 될까."
"안 되오. 지금 당장 말하시오."
"……."
난감한 편무결이었다. 하지만 어쩔 수 없었다. 말하지 않곤 안 될 외수의 분위기였다.
"찾지 말아 달라더군."
"……?"
외수의 신형이 놀란 눈과 함께 흔들렸다.
반대로 편무결은 차분히 말을 이어갔다.
"가는 곳은 말하지 않았어. 어떻게든 붙잡아보려고 했지만 불가능했네. 이것을 자네에게 전하라더군."
무결이 품속에서 일곱 개의 월령비도를 꺼내 내밀었다.
충격에 일렁이는 눈으로 간신히 내려다보는 외수.
"이것을 주는 대가로 자신이 바라는 소원은 자기를 찾지 말아 달란 것이었네."
검을 움켜쥔 외수의 손이 걷잡지 못할 정도로 떨어댔다. 그리고 그의 눈에도 영마지기로 인한 붉은 광채가 설핏 비친 듯했다.

바들거리는 손으로 비도를 받아드는 궁외수. 하지만 비통한 심정을 인내할 수 없는 그였다.

"안 돼!"

고함을 지르며 뛰쳐나가는 외수였다.

그러나 편무결이 즉시 그의 팔을 붙잡았다.

"……?"

"혼자 있고 싶어 하는 것 같더군. 지금은 잠시 놔두는 게 좋을 것 같네. 어디로 갔는지도 모르잖은가."

"보았잖소. 나 때문에 그녀가 다쳤소. 놓으시오. 절대 이대로 떠나게 할 수 없소."

"자네를 보면 더 괴로워할 것 같아 보였네. 당장은 그녀의 아픔을 헤아려 주는 게 현명한 일이 아닐까. 그리고 먼저 자네가 안고 있는 문제부터 해결하는 게 우선일 듯싶네만."

"……."

영마의 기운을 말하는 것이었다.

입술을 깨문 외수는 말을 잇지 못했다.

"크흑."

끝내 고개를 떨어뜨리고 마는 외수. 심장을 쥐어뜯어 버리고 싶은 마음뿐이었다.

외수의 팔을 슬그머니 놓는 편무결. 그는 낙심한 외수를 가만히 지켜보다 주위로 눈을 돌렸다.

외수를 응시하고 있는 궁뇌천. 편무결은 그가 어떻게 여기 있는 것인지 몰랐지만 그가 외수와의 관계에 말 못 할 비밀을 갖고 있다는 걸 직감적으로 느낄 수 있었다.

지난 후기지수 대회 때 궁외수와 싸우지 말라 당부하던 것도 그렇고, 지그시 쳐다보는 지금의 눈길도 그런 것을 충분히 느끼게 했다.

편무결은 짓눌린 분위기도 바꿀 겸 특유의 넉살로 넙죽 인사를 하며 그에게 다가갔다.

"으하하하. 무척 오랜만에 뵙겠습니다, 어르신. 안녕하셨습니까. 소생 편무결인데 그간 혹시 절 잊어버린 건 아니시죠? 하하하하!"

흘깃 무결을 쳐다본 궁뇌천의 반응은 퉁명스러웠다.

"웃을 기분 아니다. 안에 네 사촌이나 보러 가라."

"으, 흐흐. 알겠습니다. 잠시 후 다시 뵙겠습니다."

여유 있게 다가서다 궁외천의 한마디에 다시 넉살 좋게 물러나는 무결. 그는 궁뇌천의 눈길이 꽂혀 있는 외수를 다시 한 번 돌아보고 슬금슬금 집 안으로 들어갔다.

"무엇이 문제냐?"

다가선 궁뇌천의 물음.

터벅터벅 넋을 놓고 걸음을 옮겨 평상에 주저앉아 있던 외수가 올려다보았다.

고통과 슬픔이 교차하는 눈빛. 죄책감, 좌절감에 사로잡힌 눈빛. 궁뇌천을 응시하던 외수가 간절히 답을 구했다.
 "폭주를 잠재울 수 있는… 방법이 없소?"
 "……."
 외수는 그라면 대답해 줄 수 있을지도 모른단 생각에 물은 것이었지만 궁뇌천은 노려보듯 내려만 볼뿐 굳게 다문 입을 열 기미를 보이지 않았다.
 "무엇이 문제냐고 묻지 않았소. 답을 해줄 수 없는 거요?"
 어쩔 수 없이 입을 여는 궁뇌천.
 "방법이 없으니까."
 "……."
 "내 경험에 비추어보면 그렇다."
 "경험… 이라 했소?"
 "그래. 나도 너와 같은 기운을 가졌다. 너만큼 강렬하진 않지만."
 "영감도 폭주를 한단 말이오?"
 같은 기운을 가졌다는 말에 외수는 다시 한 번 궁뇌천을 확인했다.
 "아니! 너처럼 정신을 빼앗기고 미친놈처럼 날뛰진 않는다. 네놈에 비하면 영마라고도 할 수 없지."
 "어쨌든 영향을 받긴 한단 뜻이잖소."
 "무시할 뿐이다."
 "무시라니, 그게 무슨 뜻이오?"

"쉽다. 화를 내지 않는 것, 흥분하지 않는 것, 매사 모든 일을 가소롭게 보는 것!"

"……."

"당연히 너는 안 될 테지. 한 번도 감정을 다스려 보겠다 덤빈 적이 없어서."

외수의 눈매가 가늘어졌다. 방법이 없다면서 방법을 제시하고 있었기 때문이다. 외수는 거침없이 물어갔다.

"어떡하면 되오?"

궁뇌천의 대답도 거침없이 튀어나왔다.

"수련을 해라!"

"수련?"

"그래. 인내를 위한 수련! 네 마음, 네 자신을 들여다볼 수 있고 모든 일에 한 호흡 더 가져갈 수 있는 수련!"

"……?"

외수가 쉽게 이해를 못 하자 궁뇌천이 말을 이었다.

"네가 폭주하는 이유는 간단하다. 쉽게 광분하기 때문이다. 피가 끓는 그 순간 엄청난 힘을 가진 영마지기에 휩쓸리고 이성을 빼앗기는 것이다. 물론 수련으로 너의 그 지독한 영마지기를 극복한다는 것은 거의 불가능하다. 너무 강해서. 하지만 인내하는 법을 쌓다보면 폭주의 횟수는 어쨌든 줄어들 것이다. 그리고 스스로 강해지다 보면, 세상 모든 것이 다 가소롭게 보일 정도로 강해져 버리면 당연히 광분해 날뛸 일도 적어지지 않겠느냐."

"……."

외수의 눈초리가 지그시 눌리며 더 가늘어졌다. 와 닿는 것이 있는 것이다.

마음의 수련을 하라는 뜻. 마음을 다스릴 수 있는 수련을 하란 뜻이었다.

외수로선 한 번도 생각해 보지 않은 문제였다. 오로지 칼을 잘 쓰는 것만 연구해 왔던 자신 아니었던가.

상대를 어떻게 쓰러뜨릴까, 어떻게 하면 더 빨리 꺾어 넘어뜨릴까 하는 고민에만 매달려 있었던 자신이었다.

말은 쉬웠다. 흥분하지 말라. 이성을 빼앗기지 말라.

외수는 잠시 고민하다 일어섰다. 그리고 궁뇌천은 쳐다보지도 않고 집 안으로 향했다.

어이가 없는 궁뇌천. 하지만 건들지 않았다. 생사현관이 열려 있는 명석한 녀석이니 더 지껄이지 않아도 알아서 이해했을 것이었다.

궁뇌천이 물끄러미 쳐다보고 있을 때 곽천기가 슬그머니 다가와 전음을 흘렸다.

[교주, 궁금합니다.]

"뭐가?"

[과연 얼마나 강해지고 어떻게 극복하실지.]

"헛물켜지 마라. 극복 같은 소리하고 있네. 그냥 아무렇게

나 지껄여 본 말이다."
"예?"
"가당키나 하냐. 저놈이 가진 기운은 수련 아니라 수련 할 애비를 해도 이겨낼 수 없어!"
"그, 그럼?"
"그렇게라도 매달려 있게 해서 미쳐 날뛰는 꼴을 줄여 보자는 것일 뿐."
대번에 구겨지는 곽천기의 인상. 아들의 일임에도 저렇게 말하는 그가 이해가 되지 않아서였다.
곽천기가 불만을 안고 다시 전음으로 물었다.
[그나저나 언제까지 이 관계를 지속할 생각이십니까?]
"왜?"
[아버진 줄도 모르고 있는 소교주가 불쌍하지 않습니까.]
"……"
이번엔 궁뇌천이 대꾸하지 않았다. 그저 외수가 들어간 문에서 눈을 떼지 못하는 본인도 가슴이 아프고 저린 탓이다.

* * *

"시시!"
"공자님?"
안으로 들어서던 외수는 송일비의 방에서 나오는 시시를

마주쳤다.
 밤을 새워 송일비 옆을 지키며 간호한다고 많이 피곤했던 것인지 지금에서야 일어난 모습의 시시였다.
 외수도 그녀도 서로 멈추어 선 채 움직이지 못했다.
 평소라면 부리나케 달려와 다친 몸 이곳저곳을 살피며 난리를 피웠을 그녀였지만 지금은 그럴 수가 없는 상황이었다. 시시는 송일비의 등 상처에서 흐른 피와 진물을 닦아낸 수건과 물이 담긴 대야를 들고 나오던 중이었기 때문이다.
 푸석한 그녀의 얼굴.
 "깨어나셨군요. 이렇게 움직이셔도 괜찮으셔요?"
 "응. 송일비는?"
 "아직. 하지만 곧 깨어나실 듯해요. 밤새 혈색도 좋아지고 호흡도 고르게 쉬셨거든요."
 "그래?"
 "네."
 대화가 어색했다. 둘 다.
 외수는 시시의 밝은 모습이 보고 싶었지만 지금은 욕심일 뿐이었다.
 "미안해, 시시. 내가 널 살피지 못해서 그가 다쳤어."
 "무슨 말씀이세요. 어떻게 공자님 때문이에요. 송 공자님께서 저리되신 건 오로지 저 때문에······."
 고개를 떨어뜨리는 시시.

"공자님, 저 이것 내어다놓고 올게요. 어서 들어가세요."
"그… 래."
외수의 대답이 떨어지기 무섭게 밖으로 향하는 시시.
그런데 그때 편가연의 방문이 열리며 편무결이 얼굴을 내밀었다.
"어이, 이봐! 시시!"
"어머, 무결 공자님? 언제 오셨어요. 오신 줄도 몰랐네요. 죄송해요."
"하하, 됐고. 그것보다 연이가 깨어난 것 같은데 물 좀 가져다주겠어?"
"어머, 알겠어요."
반색을 한 시시가 즉시 대야를 내려놓고 물병을 챙겨 편가연의 방으로 달려갔다.
그녀가 들어가자 무결이 외수에게 눈을 찡긋해 보이곤 따라서 안으로 사라졌다.
외수는 우두커니 편가연의 닫힌 방문을 보고 선 채 움직이지 않았다. 무거운 마음 탓이었다.
한동안 꼼짝 않고 섰던 외수는 천천히 돌아서 자신의 방으로 들어갔다.

*   *   *

"……?"

일명 '덕우패'로 알려진 열한 명의 현상금 사냥꾼들은 자신들이 소굴로 삼고 있는 건물 안으로 대뜸 들어온 한 여인을 보고 다 같이 눈을 껌뻑대며 휘둥그레졌다.

다음 일정을 짜기 위해 모두 모여서 식사 겸 한잔 술을 나누고 있을 때였다.

세상에서 마주치기도 힘든 여인. 눈알이 빠져나올 듯한 매혹적인 자색을 갖춘 여인 하나가 뜬금없이 문을 열고 들어와 아무런 말도 없이 식탁 위의 술 한 병을 슬그머니 집어 들더니 마치 제집인 양 한쪽 구석으로 가서 털퍼덕 주저앉아 버린 것이다.

모두가 식탁에 그대로 둘러앉은 채 뜬금없고 눈부신 그녀를 멀거니 주시하고 있는 그때, 패거리의 대장 역할을 하고 있는 '마동치'란 자가 물었다.

"거… 뉘시오?"

"……."

한 덩치 하는 데다 인상 또한 어디에서도 빠지지 않은 현상금 사냥꾼 마동치. 그의 물음에도 여인은 쳐다보기는커녕 그 어떤 대꾸도 없이 가져간 술병만 기울였다.

누군지 궁금해 다들 서로의 얼굴을 쳐다보며 확인을 하는 상황. 마동치가 다시 웃으며 나섰다.

"흐흐, 이처럼 눈 빠지게 황홀한 분께서 사내들만 득시글

거리는 저희 소굴에 들어와 주신 건 무조건 환영할 일이지만 그래도 무슨 일인지는 알아야 하겠기에 까닭이라도 먼저 말을 해주시면……. 호호호."

자리에서 일어나 슬금슬금 다가서는 마동치.

그때 여인이 술병을 입에 문 채 한쪽 눈으로 째려보았다.

다가서는 마동치는 늘어뜨린 머리칼에 가려진 그녀의 오른쪽 눈도 보았으면 좋겠단 생각을 했다.

그러고 보니 이곳저곳 핏물이 밴 붕대를 감고 있는 그녀였다.

하지만 무슨 상관이랴. 사내들에겐 그저 예쁜 여인, 그것도 확 덮치고 싶을 만큼 매혹적인 여인이란 것이 무척 중요한 것을.

그런데 그때.

"마동치, 자리에 앉아!"

"……?"

다가서던 마동치가 우뚝 멈추어 섰다. 당연히 자기를 아는 탓이다. 거기다 낯설지 않은 목소리.

"누구……?"

"이 새끼가? 얼마나 됐다고 내 목소리까지 잊었어?"

"……??"

당황해 주춤거리는 마동치. 그렇지만 여전히 상대를 알아보지 못해 어리둥절하기만 했다.

그때 식탁에서 갓 스무 살도 안 되어 보이는 어린 청년 하나가 벌떡 일어서며 소리를 질렀다.

"대… 대장!?"

"뭐?"

마동치가 돌아보며 기겁을 했다. 그뿐 아니라 나머지 사내들도 술렁이며 여인을 다시 한 번 빠르게 훑었다.

"철, 철… 랑이라고?"

눈을 까뒤집은 마동치는 그제야 그는 여인이 바닥에 던져놓은 두 자루 칼을 보았다. 여자가 쓰는 무기라고 하기엔 굉장히 크고 흉측스러운 두 자루의 칼. 그는 틀림없단 확신을 가졌지만 그래도 믿기지 않는단 듯 보고 또 보며 거듭 확인을 했다.

그사이 어린 사내가 달려와 울부짖듯 말했다.

"대장, 대장 맞죠?"

"빌어먹을 자식들, 어떻게 한 놈밖에 못 알아보지?"

상처투성이의 여인은 과거 자신이 활동했던 근거지로 다시 돌아온 조비연, 그녀였다.

그녀는 자신이 조직하고 이끌었던 패거리들이 자길 못 알아보는 게 불만스럽단 듯 모두를 잔뜩 째려봐 주었다.

확실히 그녀임을 확인한 마동치가 어이없단 듯 소릴 질렀다.

"무슨 일이야, 철랑? 세상에? 야, 너 왜 이래? 왜 이렇게 됐어?"

 비연은 그가 자신의 부상 상태를 걱정하는 것인 줄 알았다. 그런데.

 "으아아, 대장! 이게 무슨 일이래요? 왜 이렇게 말랐어요? 그동안 피죽도 못 얻어먹고 살았나? 그 푸근하던 살집이 다 어디 갔대요?"

 달려들어 부둥켜안고 눈물이라도 떨어뜨릴 기세인 막내 무곤을 보며 눈자위가 찢어지는 비연이었다.

 자신이 없는 동안 대장 역할을 했던 마동치도 거듭 흥분했다.

 "야, 철랑! 꼴이 왜 이러냐고? 왜 이렇게 바싹 곯았어? 누가 굶겼어? 어디 감금되어 있다가 탈출한 거야?"

 "그러게 말입니다. 그동안 쫄쫄 굶었나 봐요. 엉엉, 꼴이 이게 뭐야!"

 마동치가 안 되겠단 듯 얼른 식탁 위 통째로 익힌 닭 한 마리를 들고 와 들이밀었다.

 "이봐, 철랑. 어서 이거라도 먹어! 도저히 못 봐주겠다. 아무래도 너 곧 죽을 거 같아!"

 "이 새끼들이?"

 조비연이 발딱 일어섰다.

 당장 주먹이라도 날릴 듯한 그녀의 기세였지만 그 바람에 머리칼에 가려 있던 얼굴 상처가 드러났다.

무엇이 문제냐 59

그것을 마동치와 무곤은 물론 다른 자들 모두가 보았고, 갑자기 분위기는 싸늘해졌다.

모두 굳은 얼굴.

비연을 뚫어지게 노려보던 마동치가 확인을 하고 나섰다.

"철랑. 뭐야, 그 상처는?"

"시끄러!"

"너나 닥쳐! 비쩍 곯은 채 오랜만에 나타난 것도 모자라 얼굴에 칼침까지 맞고 나타났는데 어떻게 가만있어? 어떤 새끼야? 어떤 자식이 여자 얼굴에 칼자국을 만들었어? 귀수비면 그 새끼야?"

흥분하는 마동치. 예쁜 얼굴에 상처가 난 게 안타까워 죽겠단 듯 방방 뛰며 광분을 했다.

째려보던 비연이 던져 놓은 발밑의 쌍도 중 하나를 발로 툭 차올려 바로 뽑아 동치를 겨눴다.

"너, 이 새끼, 한 번만 더 지껄이면 죽여 버린다. 다른 놈들도 마찬가지! 내 상처에 대해 말 꺼내는 놈은 전부 죽을 줄 알아!"

"……."

급속히 얼어붙은 분위기. 살벌했고, 누구도 입을 열지 않았다.

조비연의 칼이 무서운 게 아니었다. 자신들의 동료. 그것도 여자인 그녀가 돌이킬 수 없는 상처를 입었다는 것에 분노하는 중이었다.

　조비연이 칼을 던지고 다시 의자에 털썩 몸을 묻었다.

　벌컥벌컥—

　목까지 뒤로 젖히고 술을 쏟아 붓는 조비연. 질끈 감긴 그녀의 눈을 타고 흐르는 괴로움을 모두는 느낄 수 있었다.

　그때까지 아무도 입을 열지 않고 분노만 흘리고 있을 때, 취기가 충분히 돌 만큼 쏟아 부은 것인지 비연이 마동치를 슬그머니 돌아보았다.

　"건수 뭐 있어?"

　"뭐?"

　"일 나가려고 작전 짜던 거 아녔어?"

　"그렇긴 한데 네가 나설 만큼 큰 건수는 아닌데……. 몇 명 빼곤 조무래기들이야."

　"어디야?"

　빈 술병을 대뜸 내던지곤 자신의 쌍도를 다시 주워들고 일어나는 비연이었다.

　마동치가 기겁했다.

　"어이 이봐? 그래도 계획은 갖고 가야지?"

　"상관없어. 따라 나오기나 해!"

　식탁 위 술병 하나를 또 집어 들곤 뒤도 돌아보지 않고 밖으로 향하는 그녀. 덕우 패거리들은 멀뚱히 서서 서로의 얼굴을 쳐다보다가 즉시 각자 무기를 챙겨 부리나케 뒤를 쫓았다.

*   *   *

"저기야. 우두머리 목에 은자 닷 냥이 걸렸고, 총 스무 냥에 모두 서른 명이 있어!"

마동치가 으슥한 골목 안 건물 하나를 지적하며 설명을 붙이자 비연이 눈초리를 번뜩였다.

두형파라는 패거리. 이놈저놈 장소조차 가리지 않고 강도 살인에 공갈 협박, 금품 갈취 등을 일삼아 현상금이 붙었는데 제법 패거리가 있어 관에서도 쉽게 손을 쓰지 못하고 있던 모양이었다.

"철랑, 왜 이래? 큰 건더긴 아니래도 쪽수가 많아서 이렇게 무턱대고 달려들 일이 아니야?"

듣는 둥 마는 둥 말이 끝나기 무섭게 마시던 술을 입안 가득 털어 넣곤 거침없이 골목으로 들어가는 비연.

"어이, 이봐?"

동치가 붙잡으려 했지만 비연은 술병을 던져 박살을 내어 놓고 자신의 쌍도를 거칠게 뽑아 들며 바로 건물로 뛰어들었다.

쾅!

"최두형이란 새끼가 어떤 새끼야? 당장 튀어나와!"

말릴 틈이 없었다. 문을 걷어차 부숴 버린 것도 모자라 고함까지 질러 자신을 알린 조비연 때문에 마동치도 서둘러 동료들과 함께 밀고 들어갔다.

"뭐야? 웬 년이냐?"

"보면 몰라, 이 새끼들아? 네놈들 잡으러 온 저승사자잖아!"

"저승사자가 왜 이리 이뻐? 그래도 되는 거냐? 나랑 침대에서 뒹굴기부터 하는 게 어때?"

"그래, 죽어봐야 저승을 알지. 네놈이 최두형이냐?"

"이게 어따 대고 계속 두목의 이름을 외쳐? 저년을 잡아 눕혀라!"

우당탕! 카앙― 콰앙!

바로 시작되는 싸움.

마동치가 바로 조비연의 뒤를 쫓아 뛰어들었지만 이미 앞에서 맹렬한 싸움이 뒤엉킨 뒤였다.

끼어들 틈도 찾을 수 없는 불같은 싸움. 조비연은 스스로 화염덩어리가 되어 이곳저곳 불을 당겨놓고 있었다.

콰앙― 쾅쾅쾅―

"대장!"

마동치가 비연의 치열함에 넋을 놓고 있는 순간 무곤을 비롯한 덕우패 사냥꾼들이 비연을 도우러 뛰어들었다.

"이 새끼들아, 덕우패가 납시셨다. 살고 싶으면 모두 무기를 내려놓고 납작 엎드려!"

"미친놈들, 여기가 어디라고!"

쿠당탕! 와장창!

사람만 난리 난 게 아니다. 싸움 여파에 건물 안 집기란 집기들은 다 부서지고 날아다녔다.

마동치는 싸움이 끝날 때까지 칼 한 번 놀리지 않았다. 조비연의 처절함 때문이었다.

그녀는 아래층의 조무래기들뿐 아니라 위층에서 뛰어내려온 두목 최두형과 그 수족들을 모조리 눕혀 놓기까지 숨 한 번 돌리지 않았다. 마치 혼자 다 감당하겠단 듯 놈들과 뒤엉켜 치고받는 모습은 마치 생사를 포기한 사람 같았다.

"이런 미친년!"

마동치는 모조리 때려눕힌 뒤 혼자 휘청대며 서 있는 비연을 향해 자기 칼까지 내던져 놓고 달려가 흥분했다.

"야, 너 왜 이래? 죽으려고 작정했어?"

그러잖아도 부상이 있던 몸에 피가 줄줄 흘렀다.

아무리 보잘 것 없는 패거리라도 삼십여 명이 넘는 자들이었고, 거기다 우두머리 급들을 그 무위가 결코 녹록한 자들이 아니었기 때문이다.

마동치가 달려들자 비연은 벽 앞 낮은 탁자에 휘청대는 몸을 털썩 주저앉혔다.

"후우."

벽에 기댄 채 긴 숨을 내뿜는 그녀.

지치지 않으면 그게 이상했다. 부상이 있는 데다 술까지 계속 마셔댔고 싸움 역시 거의 혼자 감당하지 않았던가.
 "여자 몸이 이 꼴이 뭐야? 왜 스스로를 학대해?"
 "시끄러. 주둥이 닥치고 싸매기나 해! 이까짓 몸에 칼자국 하나 더 생긴다고 뭐가 달라."
 몇 살 위의 마동치. 도검이 스친 자리를 지혈하는 그에게 비연은 되레 짜증을 냈다.
 어떡해도 괴로운 탓이다.
 술을 마셔도, 애써 칼을 휘둘러도 자꾸만 떠오르는 기억. 궁외수란 이름을 떨쳐낼 수가 없는 탓이다.

 * * *

 "끄아아아. 아아악!"
 난데없는 비명에 모두가 혼비백산했다. 자금까지 의식이 깨어나지 않은 탓에 고요하기만 하던 송일비의 방에서 터진 괴성이었다.
 "이게 뭐야? 누가 이랬어? 어떤 새끼가 이랬어?"
 혼자 방방 뛰며 고래고래 내지르는 소리.
 건너편 편가연의 방에 있던 시시와 편무결이 놀란 얼굴로 뛰쳐나와 송일비의 방문을 열었다.
 "송 공자님, 무슨 일이에요?"

"으아아, 시시 낭자. 내 등 좀 보시오. 이렇게 완전 걸레가 됐소. 으으."

풀어헤친 붕대를 들고 울상을 지어 보이는 그였다.

"이거 누가 이랬소? 내 등짝이 왜 이 꼴이요?"

"그, 그건 궁외수 공자님께서 송 공자님을 구하려고……."

"으아아, 이 자식 어딨어? 분명 일부러 그랬을 거야. 크흑, 죽여 버리겠어!"

"아니에요, 아니에요. 그건 공자님이 독과 독침을 제거하려고 어쩔 수 없이……."

"아니요, 시시 낭자! 그럴 리가 없소. 놈이 날 질투해 일부러 그런 거요. 그동안 무수한 여인들이 손도 못 대고 군침만 흘린 내 아름다운 등판을? 으으, 용서할 수 없소. 내 이 자식을 당장!"

자신의 검을 찾아 두리번거리는 송일비.

그 모습을 본 편무결이 피식 웃었다.

"유쾌한 친구로군."

시시도 어쨌든 활발해진 그를 보며 안도를 했다.

"다행이에요, 송 공자님. 깨어나셔서 기뻐요. 아프진 않으세요?"

시시의 기쁘단 말에 갑자기 송일비는 곧 죽을 것처럼 엄살을 부렸다.

"아니오, 시시 낭자. 많이 아프고 또 불편하오."

"당분간 그럴 거예요. 하지만 독은 다 제거되었어요. 어서 앉으세요. 붕대를 갈아 드릴게요."

"그, 그래 주겠소?"

시시가 다가오자 언제 날뛰었냐는 듯 얌전히 자리에 앉는 송일비. 그의 눈망울이 감격으로 일렁였다.

그 왔다 갔다 변하는 모습에 편무결이 한마디를 던졌다.

"흐흐, 친구. 자네가 의식불명인 동안 시시가 잠시도 떨어지지 않고 자네의 상처를 돌봤다네. 매일 밤을 새워가며 말이지."

"……?"

그제야 시시 외에 다른 자가 자기를 보고 있다는 걸 의식한 송일비가 그의 말이 기쁘면서도 일단 눈에 힘부터 주었다.

"누구냐, 넌?"

"하하, 궁외수의 친구이자 편가연의 사촌 오라비일세."

"음……."

비슷한 또래의 반질반질 잘생긴 사내. 송일비 째려보는 눈을 거두지 않았다. 행여 그가 시시를 마음에 둔 연적이 아닐까 의심을 가진 탓이다.

"송 공자님, 팔을 들어보세요."

정성스럽게 새 붕대를 감고 있는 시시. 송일비는 그제야 편무결에게서 눈을 거둬 시시에게 집중했다.

"그, 그랬었소? 정말 밤을 새워 내 곁을 지켰었소?"

"……."

시시가 대꾸를 못 하고 얼른 고개부터 숙였다.

"송 공자님, 구해주셔서 감사드립니다. 미천한 저를 위해 이렇게 몸까지 상하시고……."

"그게 무슨 말이오. 그런 말 마시오. 내가 지켜준다고 하지 않았소. 내 목이 떨어져도 낭자가 다치는 꼴은 보지 못하오."

"……."

시시는 말을 할 수가 없었다. 가슴이 아파 뜨거워지는 눈시울 때문에 숙인 고개를 들지도 못했다.

그런 시시의 마음을 모르는 송일비가 호탕하게 웃었다.

"고맙소. 낭자의 손길이 닿으니 더 빨리 나을 수 있을 것 같소. 으하하하."

"아니에요. 당연히 제가 해야 할 일인 것을요……."

두 사람을 보고 있는 편무결이 문 안쪽 벽에 기대어 선 채 미소를 지었다.

"뭐지, 이 뜨거운 분위기는? 두 사람, 원래 그렇고 그런 사이인 건가?"

시시가 펄쩍 뛰었다.

"어머. 아니에요, 무결 공자님. 무슨 말씀을. 송 공자님 같은 분이 어찌 감히 저 같이 미천한 것을."

하지만 송일비가 선언하듯 되받아쳤다.

"그렇소. 내가 오매불망 숨도 못 쉴 정도로 목을 매는 사람이오. 경고하는데 넘볼 생각이 있다면 아예 포기하시오!"
 "오오, 그런 건가. 하하, 이거 손끝이라도 스쳤다간 온몸이 십 등분으로 갈라질 분위기로군. 알겠네. 앞으로 그녀 쪽은 쳐다보지도 않겠네. 하하하하!"
 편무결이 호쾌한 웃음을 흘리는 그때 하필이면 외수가 송일비를 보러 방을 나섰다가 걸음을 멈추고 있었다.
 그가 밖에 있는 걸 모르는 세 사람.
 외수는 조용히 돌아서 마당으로 향했다.

 "공자!"
 마당에서 위사들을 점검하던 온조가 궁외수를 발견하곤 다가섰다.
 "몸은 어떠십니까?"
 "괜찮소. 그것보다 내일 떠났으면 좋겠군. 다들 상태가 괜찮은 것 같으니까 세가로 출발합시다."
 "예, 알겠습니다. 그리 준비하겠습니다."
 마음이 급한 외수였다. 당장 뭐라도 해야 숨을 쉴 수 있을 것 같아 자기도 모르게 서두르고 있었다.
 외수는 마당 끝자락에 선 궁뇌천을 확인하곤 그리로 걸어갔다.
 "누굽니까, 저들은?"
 외수가 반야와 같이 놀고(?) 있는 낯선 세 사람을 보며 던진

무엇이 문제냐 69

질문이었다.

궁뇌천보다 더 늙은 노인 하나와 건장한 체격에 서로 나이 차가 좀 있어 보이는 중년인 둘.

그들은 반야가 탄 궁뇌천의 당나귀 옆에 붙어 서서 같이 시시덕거리며 노닥대고 있는 모양새였는데, 비록 그들이 어린 반야와 실없이 웃음을 흘리고 있긴 했어도 행색이나 도검을 지닌 자세가 여간 예사롭지 않아 외수는 뭔가 특별함을 감춘 자들임을 충분히 짐작할 수 있었다.

한데 궁뇌천이 뱉은 대답은 외수를 어이없게 했다.

"내 수하들!"

"……?"

꼬나보는 외수.

"왜 그런 눈초리냐?"

"그런 것도 있었소?"

"지금 보고 있지 않느냐."

심드렁한 얼굴에 여전히 무심히 대꾸하는 궁뇌천.

외수의 눈매가 삐딱하게 꼬이는 건 당연했다.

"도대체 정체가 뭐요? 처음엔 끼니도 못 얻어먹고 다니는 거지 영감으로 행세하더니, 느닷없이 수하라니?"

"수하들을 수하라는 데 뭐 문제 있냐?"

"길 가는 사람 백을 잡아 놓고 물어보시오. 영감 말이 정상적으로 들리나."

"그래서 궁금해?"

"당연하지 않소."

"음, 알면 충격받을 텐데."

"무슨 상관이요. 영감 정체가 나에게 뭐 대단한 일이라고."

"……."

외수의 대꾸에 가만히 응시하는 궁뇌천.

이대로 마냥 숨기고 있는 것도 나중에 외수가 받을 충격을 생각하면 별로 좋은 방법이 아니란 생각도 들었다. 그래서 짧은 고민 끝에 나중의 충격 완화를 위해 아주 조금씩 자신에 대해 흘리는 것도 괜찮겠단 판단을 내리고 바로 입을 열었다.

"으음, 너 저기 저놈들이 뭣 하는 놈들 같으냐?"

"그걸 내가 어찌 아오."

"잘 들어라. 저 중 가장 새파란 놈은 제법 전투 좀 하는 일천 명의 무인을 이끄는 놈이고, 그 옆의 놈은 그 일천 명을 포함해 대략 이만여 명의 무인들을 총괄, 관장하는 조직의 우두머리이고, 그리고 저 늙은 인간은 과거 꽤나 유명했던 한 세력의 지존이었던 인간이다."

"……?"

노려보는 궁외수. 놀라는 기색도 없었다.

"세 놈 모두 내 수하들이고, 그리고 저들 같은 놈들 약 일백 명이 내 밑에 있다. 어찌 생각하느냐?"

"……."

여전히 처다볼 뿐 일언반구하지 않는 외수.

"왜 반응이 없느냐?"

재차 묻는 궁뇌천 때문에 외수가 어쩔 수 없이 입을 열었다.

"세상 정복이라도 나서시오?"

"그건 아니지만……. 뭐, 마음먹으면 못 할 일도 아니지. 왜, 안 믿기냐?"

"어이없구려. 그게 사실이라면 영감 밑에 있는 수하들 수가 대체 어느 정도인지 알기나 하는 거요?"

"글쎄, 한 십만 명?"

"……."

물끄러미 처다보던 외수가 한순간 말도 없이 홱 돌아서 버렸다. 그리곤 상종할 가치도 없단 듯 곧바로 마당을 가로질러 집 안으로 향하는 외수였다.

"망할 영감탱이. 하여튼 누구랑 똑같다니까."

뒤에서 궁뇌천이 씨익 기다란 웃음을 머금고 있는 걸 외수는 보지 못했다.

"공자님, 잠깐만요!"

외수가 투덜거리며 안으로 들어가기 직전, 반야의 목소리가 그의 걸음을 멈추게 했다.

외수가 돌아보자 반야가 당나귀를 재촉했다.

"짝귀, 날 공자님께 데려다줘."

정말 말귀를 알아들은 것처럼 외수에게로 걸어오는 당나귀.

반야가 위에서 환하게 웃었다.

"신기하죠, 공자님?"

"……."

"아무 짓도 안 했는데 혼자서 움직여요. 말귀를 다 알아듣고 말이에요."

정말 신이 나 보이는 반야였다.

외수는 계속 심드렁한 표정을 짓고 있을 수 없어 어쩔 수 없이 풀었다.

"혼자 타는 게 무섭지 않아?"

"아니요. 오히려 재밌는걸요."

외수는 궁뇌천과 그에게로 모이는 일당들(?)을 슬그머니 쓸어보곤 반야에게 손을 내밀었다.

"내려와. 들어가자. 바람이 차가워."

외수의 말에 반야가 즉시 짝귀의 등에서 폴짝 뛰어내렸다. 벌써 익숙해진 듯한 모습.

"짝귀, 돌아가 대기하고 있어!"

부르면 언제든 달려오라는 듯 제법 힘을 실어 내리는 명령.

그러자 정말 주둥이 허연 짐승은 설렁설렁 돌아서 원래 있던 자리로 돌아갔다.

당나귀를 돌려보낸 반야가 방긋방긋 흥을 이어가며 외수가 내민 손을 잡고 물었다.
"그런데 벌써 다 나았어요? 아프지 않아요?"
벌써 나았을 리가 없다. 어떻게 아프지 않을까. 하지만 외수는 동생 같이 즐거운 그녀를 위해 빙긋이 웃어주었다.
"괜찮아. 아프지 않아."
"어서 들어가요. 찬바람은 저보다 공자님께 더 안 좋을 것 같아요."
되레 외수의 손을 이끌고 앞장 서는 반야. 앞이 보이는 것처럼 씩씩하게 구는 그녀 때문에 외수는 다시 한 번 웃음을 머금을 수 있었다.

* * *

깊어진 밤. 편가연이 자리에서 가만히 일어나 작은 동경(銅鏡)을 가져다놓고 얼굴과 옷매무새를 다듬었다.
외수의 방에 가기 위해서였다. 자신이 깨어난 이후 아직 얼굴을 보지 못한 그였다. 내심 와주기를 기다렸지만 그는 한 번도 얼굴을 보여주지 않았다.
그래서 혹시 자기 때문에 화가 난 것인가 하는 생각에 갑자기 서두르는 중이었다.
해쓱한 얼굴. 자신의 상태를 확인하고 또 확인한 편가연은 조심스레 방문을 열고 나섰다.

대기한 위사들이 거실에 있다가 그녀를 보고 일제히 일어섰지만, 편가연은 손가락으로 얼른 입술을 가리며 모두 다시 앉으란 신호를 보내고 곧장 외수의 방 앞으로 갔다.

잠시 멈춰 서서 또 한 번 옷맵시를 점검하는 편가연.

똑똑.

"들어와."

마치 누가 왔는지 안다는 듯 문을 두드리자마자 새어 나온 목소리.

편가연이 문을 열고 들어서자 외수는 침대가 아닌 컴컴한 구석 자리 의자에 어둠과 함께 푹 파묻혀 있었다.

"안 주무시고 계셨군요."

"……."

대꾸가 없는 궁외수.

원래 그는 운기행공 따위의 수련을 하려고 마음먹고 있던 중이었다. 궁뇌천의 말도 있었기 때문에 어떻게든 자신의 문제를 잡아보고 싶어서.

하지만 이런저런 생각에 도저히 집중이 되지 않아 지금처럼 맥을 놓고 앉아 있는 중이었다.

외수가 폭주했었단 사실은 편가연도 무결을 통해 알고 있었다. 그리고 조비연이 그의 검에 부상을 입은 채 떠났다는 것도.

편가연은 현명한 여자였고 지금 외수에겐 위로보다 무언가 신경을 돌릴 다른 것이 필요하단 걸 인지했다.

"공자님, 죄송하고 또 고마워요. 제가 위험을 초래했고, 그런 저와 극월세가를 끝까지 지켜주셔서."

"……"

편가연은 혼인에 대한 말을 꺼낼 생각이었다. 한데 먼저 입을 연 외수의 말이 그녀를 충격 속으로 빠트렸다.

"편가연……."

"네. 말씀하세요, 공자님."

"너의 일이 해결되는 대로 떠나겠어."

"……?"

몸을 가누지 못할 만큼 흔들리는 편가연.

"무슨 말씀이세요?"

"조만간 해결될 거야. 실마린 잡았으니. 놈들을 모조리 척결하고 나면, 곧바로 세가를 떠나겠어."

"어째서요? 저는 어떡하고요?"

숙이고 있던 고개를 천천히 들어 편가연을 응시하는 외수.

편가연이 어찌할 바를 몰랐다.

"물론 혼인 약조 따윈 없던 일처럼 생각하라 하셨지만 저는……."

"내가 있을 곳이 아니야. 그리고 칼을 들고 사는 난 너에게 어울리지 않아."

"그런 말도 안 되는 말씀을……. 제가 싫으신 건가요?"

"……"

"저는, 저는… 공자님을 받아들일 준비가……. 흑흑."

결국 편가연이 충격을 이기지 못해 무너지고 말았다.

쓰러지듯 주저앉은 그녀는 북받쳐 흐느끼는 감정 속에서도 간절함을 토로했다.

"저를 용서하지 못하시는 건가요? 혹시 너무 힘들어서 그런 건가요?"

"그런 게 아냐."

"흑흑, 제가 잘못한 게 있으면 말씀을 해주세요. 제가 맘에 안 드는 부분이 있으면 말씀해 주세요. 고치겠어요. 제발……."

답답한 듯 궁외수가 일어났다.

"편가연……."

"네, 말씀하세요."

"무림삼성의 말이 옳아. 난 재앙이야. 나로 인해 원치 않는 누군가 다칠 수도 있고 죽을 수도 있단 걸 이번에 확인했어."

"그, 그럼 그것 때문에?"

"그것 때문이라니? 네가 죽을 수도 있어! 내가 알던 이들이 나에게, 내 칼에 죽을 수도 있단 말이야."

"상관없어요. 당신이 칼을 휘두르면 죽을게요."

"으득, 말도 안 되는 소리!"

무엇이 문제냐

"안 돼요. 그럴 순 없어요. 지금까지 잘해오셨잖아요. 문제없을 거예요. 그리고 흉수들을 없애면 앞으로 싸울 일도 없잖아요."

"편가연. 그만해! 악마가 된 심정이야. 아니, 악마가 된 나를 이미 봤어. 그러니… 날 내버려 둬."

외수가 탁자 위 검을 집어 들고 밖으로 향했다.

"공자님, 공자님?"

편가연이 잡으려 울부짖었으나 외수는 돌아보지도 않았다.

문밖에 위사들이 놀라 모두 일어나 쳐다보고 있었다.

송일비의 방에서 나온 시시도 눈물을 매단 채 울먹이고 있었다.

그녀와 눈이 마주친 외수. 하지만 곧바로 돌아서 바깥으로 신형을 쏘아냈다.

외수는 멈추지 않았다. 단숨에 인근 야산까지 달려간 그는 미친 듯이 검을 휘둘러 울분을 토해냈다.

콰앙, 쾅쾅쾅!

바위가 갈라지고 땅거죽이 뒤집히고, 나무며 풀이며 눈에 보이는 모든 것들이 외수의 울분에 실려 날아다녔다.

"악마라고? 방법이 없다고? 그런 게 어딨어. 내가 잡아 죽여 버리겠어! 으드드득, 빠득! 죽어!"

콰아앙— 콰앙—

쉴 새 없이 터지는 폭음.

스스로를 용납 못 하는 외수의 발광을 멀리서 궁뇌천이 그의 대단한 수하들과 말없이 지켜보고 있었다.

第三章

의문의 똥보

어디 있는 거냐, 비연…….
차라리 돌아와 날 죽이고 가라.

—월령비도를 내려다보는 궁외수의 고통스런 신음

 과거 절마문(切磨門)이란 작은 문파까지 이끌며 한때 잘나 갔던 유철환은 근래 삭면도귀(削面刀鬼)란 별명이 붙으며 그 명성을 달리하고 있었는데, 그 까닭이 결코 훌륭하다거나 존경받을 만해서가 아니었다.

 이미 육순을 바라보는 적지 않은 나이.

 절마문의 몰락 이후 그는 스스로 좌절해서 방탕한 생활을 일삼더니 시간이 지날수록 점점 더 타락한 모습으로 변해, 근래엔 자신의 위신도 생각지 않고 생양아치 파락호나 다름없는 짓거리를 서슴없이 하고 다니고 있었다.

 청풍루(淸風樓). 아주 비싼 고급 주루는 아니었으나 그 위치한 장소가 아주 괜찮은 경치를 등지고 있어 평소 유철환이 자신을 따르는 이들과 자주 찾는 곳 중 하나였다.

오늘도 그는 자기를 떠받드는 유협(遊俠) 집단 우두머리 몇몇과 어울려 청풍루를 찾아 들어왔는데, 말이 좋아 유협이지 뒷골목에 서식하며 자릿세와 보호비 명목으로 상인들의 돈이나 뜯고 무리의 힘을 이용해 각종 범죄에 관여하는 자들일 뿐이었다.

그런데 어깨에 잔뜩 힘을 주고 주루로 들어서던 유철환이 갑자기 무언가에 크게 놀란 사람처럼 움찔 신형을 멈추더니 주루 안 한 곳을 쏘아보며 혼자 지껄였다.

"뭐야, 저게? 인간이야, 돼지야?"

그 말에 같이 움직이던 자들이 같이 눈을 맞추곤 와자하게 웃어젖히며 동조했다.

"그렇구려, 유 대협! 마치 암퇘지 한 마리가 앉아 술을 마시고 있는 것 같소. 푸하하하!"

모두 여섯 명. 유철환만큼은 아니어도 다들 오십 안팎 나이의 인간들. 사람을 앞에 두고 지껄이는 소리라고 하기엔 너무도 못돼먹은 수준 이하의 인성들이었다.

"젠장, 술맛 떨어지게 청풍루가 언제부터 물이 이렇게 흐려졌어? 여기가 돼지우리야? 냄새나잖아!"

그렇게 파락호가 되어버린 유철환 그가 짜증을 내는 건 넓은 주루 한쪽에 떡하니 앉아 혼자 술을 마시고 있는 거대한(?)

한 사람 때문이었다.
 거대한 한 사람······.
 달리 표현할 방도가 없었다. 실로 엄청난 체구였다. 너무도 비대해서 과연 움직일 수나 있을까 싶었고, 그가 앉아 있는 의자가 부서지지나 않을까 걱정이 되었다.
 입고 있는 옷과 치렁치렁 늘어뜨린 머리칼만 아니면 남잔지 여잔지 구분도 안 될 정도였고, 쇠기둥 같은 팔뚝에 솥뚜껑만 한 손은 쥐고 있는 술잔이 으스러지지 않을까 싶을 만큼 아슬아슬해 보였다.
 거기다 냄새가 난다는 유철환의 말처럼 정말 행색이 말이 아니었다.
 전혀 정리되지 않고 아무렇게나 늘어뜨린 머리카락, 닳고 닳아 구멍이 숭숭 뚫린 옷가지, 거기다 맨발이나 다름없는 발에는 신발은커녕 천 조각인지 가죽인지 둘둘 말아 겨우 끈으로 묶어놓았을 뿐이었다.
 하긴 그 크고 두툼한 발에 맞는 신발이나 있을까 싶었다.
 그런데 아무리 봐도 분명 여자였다. 그것도 제법 나이가 지긋해 보이는 여자.
 그래서 유철환의 인상은 더 찌그러졌다.
 "에잇, 분위기도 내기 전에 눈부터 버렸군."
 어째서 저런 거지같은 몰골의 늙은 여자가 여기에 들어와 있는지 모르겠단 듯 갖은 인상을 다 쓴 유철환은 점원들에게까지 투덜대며 주루의 가장 좋은 자리로 걸어갔다.

유철환이 지껄인 말들은 주루 안 모두가 들을 수 있기에 충분한 목소리였고, 분명 중년의 비대한 뚱보 여인도 들었을 것이었다.

한데도 여인은 귀가 먹은 사람처럼 오직 술과 안주를 집어 먹는 일에만 몰두하고 있었다.

만약 유철환이 그 같이 경솔한 인간이 아니었다면… 아니, 그것보다 조금만 더 무림 인물에 대한 견식이 있었더라면 결코 뚱보 여인을 두고 그렇게 아무렇게나 입을 놀려 함부로 쫑알대는 끔찍한 짓을 벌이진 못했을 것이었다.

백 년에 한 번 날까말까 하다는 무공의 귀재!

이미 수십 년 전, 그것도 여인의 몸으로 그와 같은 찬사를 들었던 사람.

어느 시점부터 무림의 일이나 시비 따위에 관심도 없고 관여하는 일도 없었기에 그 존재감이 드러나지 않아 서서히 잊히고 사라져 가고 있었을 뿐, 실제 검왕 남궁산이나 창왕 양사신, 심지어 무림삼성 같은 이들조차 그녀 앞에선 껌뻑 죽는단 사실을 알았다면 과연 유철환 따위가 그리 지껄일 수 있었을까?

아니, 지껄이기는커녕 오히려 설설 기며 어떻게든 환심을 사려고 갖은 짓을 다 했을 것이었다.

어쨌거나 범 무서운 줄 몰랐던 하룻강아지 유철환으로선 뚱보 여인이 먹고 마시는 데만 집중해 준 탓에 허무하게 찢어질 목숨 한 번 건진 셈이었다.

"여기 최고의 술과 안주들을 내놔 봐! 오늘은 우리 아우들과 함께 한번 통쾌하게 취해볼 작정이니까!"

짧은 순간 제 목이 왔다 갔다 한 것도 모르고 흥을 내는 삭면도귀 유철환.

문파 하나를 말아먹은 후 그가 하는 일이란 게 이렇게 겨우 범죄자 패거리들과 어울려 어깨 힘주는 것이 다인 인간이었다.

그나마 그럴 수 있는 것도 한때 일파의 수장으로서 갖춘 무위와 이름값이 있었기 때문이었고, 또한 패거리의 우두머리들이 그를 활용하며 떠받들어 주었기 때문이었다.

그렇게 그가 한 실수가 묻히는가 싶었다.

그런데 뜻하지 않은 또 한 사람이 등장하며 또다시 뚱보 여인을 건드리는 가차 없는 실수를 저질러 버리고 말았다.

쫘당.

느닷없이 식탁 위로 엎어진 또 한 명의 여인.

그녀는 주루에 들어설 때부터 비틀비틀 흐느적흐느적 몹시 취해 있었는데, 곧 쓰러질 듯 위태로운 모습을 보이던 그녀가 하필이면 뚱보 여인의 식탁 위로 엎어진 것이다.

문제는 엎어진 그녀가 뚱뚱한 여자라면 누구나 질투 나고 짜증이 날 만한 늘씬한 키와 몸매를 가진 여인이라는 것이었다.

당연한 듯 뚱보 여인의 단춧구멍만 한 눈이 기분 나쁘게 실룩였다.

한데 취한 것도 모자라 날씬하고 늘씬한 데다 젊고 팽팽하기까지 한 여인이 더욱 자극적이고 불쾌할 수도 있는 말을 서슴없이 내뱉었다.

"어? 많이 보던 익숙한 눈이네. 살집에 파묻힌 눈. 호호호, 할멈. 나 보이지?"

"……?"

"사람들은 다들 안 보일 거라고 말하지. 하지만 다 보인다는 거 난 알아. 호호호. 괜찮아, 괜찮아. 뚱뚱하면 어때. 반가워, 할멈!"

제멋대로 주절거린 여인. 그런데 할멈이라니? 나이를 가늠하기 어려운 행색인 데다 아직 할멈 소리 들은 정도도 아니어 보이건만 같은 여자의 눈엔 그렇게 보인단 말인가?

설령 쭈글쭈글한 그녀의 주름살이 보였다 하더라도 같은 여자로서 보통 모른 체하는 게 예의이건만. 그런데도 여인의 망동은 거기서 그치지 않았다.

"할멈, 이거 한 병만 빌릴게."

여인이 탁자 위 술병 하나를 낚아채듯 집어 들고 흐느적흐느적 억지로 몸을 가눠 일어섰다.

찢어지는 눈초리.

당연히 뭔가 사달이 일어날 것 같았다. 한데…….

벌컥벌컥―

바로 술병을 입에 물고 나발을 불어대는 여인의 모습이 더없이 가엽고 처연해 보였던 걸까?

할멈이라 불린 뚱보 여인은 아무런 말도 아무런 행동도 하지 않고 그저 술을 들이키는 여인의 이마로부터 그어져 내려온 상처를 물끄러미 응시할 뿐이었다.

"호호호, 독하군."

취한 여인이 술병을 든 채 싱긋 웃어 보이곤 주위를 두리번거렸다. 그리곤 주루의 가장 좋은 자리를 꿰차고 둘러앉은 유철환 무리를 뚫어지게 노려보더니 천천히 그리로 향했다.

비틀비틀 흐느적흐느적. 취한 사람 특유의 곧 쓰러질 것 같으면서도 용케 쓰러지지 않는 모습을 보이는 여인.

유철환과 그 일당도 떡이 된 그녀가 다가오는 걸 보고 있었다. 이 소란에 누가 쳐다보지 않을까. 그들 말고도 주루의 손님 모두가 그녀를 쳐다보고 있었다.

"뭐지, 저년은?"

"흐훗, 이리로 오는군요. 꼴에 칼까지 지녔는데, 흐흐, 무섭습니다. 하핫핫, 크하하핫!"

"아깝군. 안면에 칼 먹은 흉만 아니라면 더 없이 좋은 상품

이구만, 쯧쯧."

유철환과 그 일당들이 실실거리며 느긋한 태도를 보이고 있을 때, 휘청휘청 다가서던 여인이 등에 두른 두 자루의 칼 중 하나를 뽑아 들며 또 휘청거렸다.

아니나 다를까, 그 모습에 둘러앉은 자들 중 하나가 바로 비웃음을 던졌다.

"어이쿠, 칼은 왜 뽑으실까. 넘어질까 봐 지팡이로 쓰려고 그러나? 붙잡아주고 싶을 지경이네. 크흐흐훗."

그 비웃음 속에 흐느적대던 여인이 억지로 몸을 가누며 뽑은 칼을 그들의 탁자에 툭 걸쳐 놓곤 말했다.

"삭면도귀란 더러운 별호를 가진 유철환이 어느 놈이냐?"

칼을 걸쳤다지만 위협을 하려고 그런 것인지, 비틀대는 자기 신형을 가누려고 그런 것인지 구분도 안 될 정도로 흐트러진 여인.

어쨌든 칼이 걸쳐진 탓에 유철환이 그녀를 째려보았다.

"……?"

"너냐?"

유철환을 구분하는 건 어렵지 않았다. 같이 앉은 자들도 모두 그를 쳐다보았으니.

"그런데 같이 있는 네놈들은 뭐냐? 어라, 죄다 낯이 익은 놈들이로군. 어디 한번 보자."

쿡!

걸쳤던 칼을 탁자에 쿡 찍어 박아둔 여인이 갑자기 허리춤을 뒤적거려 뭔가를 찾아 꺼내 들었다. 한 움큼의 종이 뭉치였다.

"어디 보자. 이놈은 두 냥짜리, 옆의 놈은 세 냥짜리……."

종이를 한 장 한 장 넘겨가며 앉은 자들의 낯짝과 일일이 대조해 보던 여인이 더 확인할 필요도 없단 듯 종이 뭉치를 다시 집어넣고 빙그레 웃었다.

"호호호, 그렇군. 역시 짭짤한 돈들이 걸린 목들이었어. 이거 횡재했는데?"

"이년이 보자보자 하니까!"

한 사내가 못 참겠단 듯 당장 목을 칠 기세로 칼자루를 움켜쥐고 벌떡 일어섰다.

하지만 유철환이 짐짓 위엄을 보이며 손을 들어 제지하고 점잖은 체 물었다.

"뭣 하는 아이냐?"

"나?"

씨익 웃는 여인. 그리곤 서슴없이 자신의 정체를 밝혔다.

"덕우패의 철랑 조비연이다."

"덕우 패……?"

지그시 노려보는 유철환. 그도 이름을 들어보았기 때문이었다.

그때 뒤쪽에서 지켜보는 뚱보 여인의 눈초리도 잠시 실룩

의문의 뚱보 91

였으나 누구도 보지 못했다.

카랑—

유철환에게 제지당했던 자가 기어이 칼을 뽑아 겨누었다.

"돈 냄새 쫓아다니는 계집이었군!"

그녀가 월령비도술을 사용하는 걸출한 무인이란 걸 알면서도 유철환을 믿는 것인지 자신의 실력을 믿는 것인지 거침이 없는 사내.

조비연도 그런 그를 반겨주었다.

"호호호, 맞아. 이렇게 한곳에 쫙 모여 있어줘서 고마워. 어떡할래? 순순히 끌려갈래, 아니면 뒈지게 맞고 끌려갈래? 뭐, 모가지만 들고 가도 상관없다니까 알아서들 해!"

"이년이 제대로 미쳤군. 우리가 누군 줄 알고!"

칼을 겨눈 사내가 으름장을 놓으면서도 빠르게 주위를 확인했다.

현상금 사냥꾼들이 힘에 부치는 상대는 여럿이 공조해 움직인다는 것을 알기에 같이 온 패거리들이 있는지 확인하는 것이었다.

하지만 뒤따라 들어온 인간은 보이지 않았다. 주루 내 현상금 사냥꾼으로 보이는 자도 없었다.

그것을 먼저 확인한 유철환이 이죽이죽 비웃으며 일어났다.

"웃기는 계집이로군. 혼자 온 것도 모자라 술까지 잔뜩 취해 몸도 못 가누는 상태로. 이름은 들어봤다만 내 이름을 너무 무시하는군. 아무래도 호된 맛을 봐야 정신 차리겠지? 가라!"

휘익—

유철환이 단칼에 끝장내 버리겠단 듯 발도와 동시에 조비연을 베어갔다.

카앙!

따가운 쇳소리.

칼을 들어 막은 조비연이 주르륵 밀린 채 휘청댔다.

도격의 충격에 휘청대는 건지 술기운에 휘청대는 건지 분간이 되지 않았지만 유철환은 그녀의 모습에 눈빛을 바꾸었다.

결코 쉬운 일격이 아니었음에도 무방비 상태나 다름없어 보이던 그녀가 마치 급습을 알고 있었다는 듯 어느 틈에 탁자 위 자신의 칼을 뽑아 응수를 했기 때문이다.

거기다 쓰러지지도 않았다. 술기운 때문에라도 뒹굴었어야 정상이거늘 그녀는 비틀거리기만 할 뿐 여전히 같은 모습이었다.

거기다 비웃음까지.

"흐흐흐, 수작부리지 마. 나 철랑 조비연이야. 너희 같은 새끼들 기습 따위에 이골이 난 몸이라고."

비연이 다시 다가섰다. 등의 칼 한 자루를 마저 뽑아 들고서.

그러자 앞쪽의 세 사람이 튀어나왔다.

"미친년! 우리가 고작 현상금 사냥꾼 따위에게 잡힐 사람들로 보이느냐?"

카앙! 캉! 캉!

주루 안에 어지러이 불꽃이 튀기 시작했다.

갑자기 시작된 싸움. 주루의 손님들이 혼비백산 저마다 앞다투어 빠져나가느라 아수라장을 방불케 했다.

비연의 상황은 그녀가 큰소리친 것과 다르게 아슬아슬하기만 했다. 상대가 한둘이 아닌 데다 술기운까지 있기 때문인데, 취기 정도야 충분히 내력으로 날릴 수 있음에도 그녀는 전혀 그러지 않고 있었다.

취한 상태가 좋다는 듯, 정신없는 상태가 낫다는 듯.

그 때문에 거친 패도가 장점인 그녀의 도법은 제 힘을 발휘하지 못했다. 거기다 결정적으로 자신의 전부라 할 수 있는 월령비도가 없었다.

자신의 성명무기이자 적에겐 치명적일 수밖에 없는 그것이 없으니 유철환까지 일곱 명을 혼자 상대한다는 것이 처음부터 무리였을 수도.

그럼에도 비연은 악착같았다. 생사 따윈 초월한 사람처럼 달려드는 데야 상대도 겁이 나지 않을 수 없었다.

콰콱! 스컥!

결국 현상금 사냥꾼 철랑 조비연다운 투지에 한 사내가 꺼

꾸러졌다. 비연의 쌍도에 옆구리가 찔리고 칼을 든 오른쪽 손목이 날아갔다.
"이년잇?"
일행 하나가 나가떨어지자 나머지 사내들이 눈에 불을 켰다. 유철환을 제외한 나머지 다섯이 한꺼번에 덮쳐드는 상황.
급기야 조비연이 확연히 밀리기 시작했다.
그런데 그때 마침 마동치를 비롯한 덕우 패거리들이 들이닥쳤다.
"야, 조비연!"
대단히 성이 나고 다급한 마동치였다. 그럴 것이 자기들 모르게 조비연 혼자 독단적인 행동을 강행한 탓이었다.
다른 자들이야 그렇다 쳐도 삭면도귀 유철환 정도 되는 거물을 잡기 위해선 혼자 힘으론 어림도 없는 일. 그것을 조비연 혼자 말없이 사라져 이러고 있으니 어찌 화가 나지 않을까.
선두의 마동치가 명령을 내렸다.
"덮쳐!"
모두 몰려온 덕우패였다. 상황을 재고 자시고 할 것도 없이 그들은 싸움판을 덮쳐 갔다.
한 떼의 무리가 나타나 달려오자 유철환과 그 일행들도 긴장했다. 어려운 싸움이 될 것 같은 예감.
한데 그 순간 생각지도 못한 엉뚱한 방해가 날아들었다.

의문의 똥보 95

"멈춰—!"

모두를 얼어붙게 만들 정도의 고함. 그리고 커다란 탁자 하나가 주루의 공간을 가로질러 덕우패 앞으로 날아왔다.

쾌작!

덕우패를 막으며 산산이 부서지는 탁자.

"뭐, 뭐야? 누구야?"

마동치가 신경질적으로 반응하며 쏘아본 곳에는 양손에 술잔과 술병을 든 뚱보 여인이 의자에 엉덩이를 붙인 채 앉아 있었다.

탁자를 날려놓고도 느긋한 태도.

"뭐야, 할망구는?"

눈알을 희번덕대는 마동치.

그가 모를까? 상대가 고수라는 것을. 고함에 실린 공력이나 발로 걷어차 날린 탁자만 봐도 가늠할 수 있는 부분이었다.

하지만 상대가 아무리 강해도 기세에서 밀리고 들어갈 수 없는 것이 현상금 사냥꾼들의 생리. 마동치는 더욱 크게 눈을 부라렸다.

"왜 탁자를 날리고 지랄이야? 죽고 싶어?"

"지랄한다. 시끄럽고, 모두 끼어들지 말고 제자리에서 꼼짝 마."

"한패냐?"

"네 눈깔엔 한패같이 보이냐?"

"그럼 왜 끼어들라 마라 지랄이야?"

곧 죽어도 기세에서 지지 않겠단 듯 오기를 부리는 마동치. 뚱보 여인이 가볍게 픽 웃으며 대꾸했다.

"감상 중이잖아."

"뭐?"

마동치는 어이가 없었다. 싸움을 감상했단 뜻 아닌가. 목숨이 왔다 갔다 하는 판에 그런 이유로 훼방을 놓다니.

"경고한다! 우리 덕우패는 어떠한 경우에도 형제의 위기를 좌시하지 않는다. 만약 다시 한 번 방해를 하면 당신이 누구라도 용서치 않을 테니까 알아서 해!"

마동치가 다시 패거리들과 움직였다.

그러나 그때 뚱보 여인의 손아귀에서 술잔이 파삭 으스러졌다.

쉬쉬쉬쉭쉭!!

깨진 술잔 조각들이 일으키는 몹시도 날카롭고 매서운 파공성.

그것들은 정확히 마동치와 동료들을 향해 쏘아졌지만, 다행히 그다지 빠른 편은 아니어서 모두 각자의 칼로 받아칠 수 있었다.

그런데?

카카카캉! 카앙!

의문의 뚱보

"으읍!"

"큽!"

도면으로 막거나 받아치고도 충격에 비틀대는 덕우 패거리들. 심지어 밀려 나뒹구는 자도 있었다.

그 바람에 안쪽 싸움도 멈추었다.

"이 할망구가?"

"마동치!"

성질을 부리는 마동치를 저지한 건 조비연이었다. 고함을 질러 마동치를 멈춰 서게 한 그녀가 취한 눈으로 뚱보 여인을 흘겼다.

"할멈, 왜 그래?"

"상관 말고 계속 싸우기나 해라. 잡것들이 끼어들려고 해서 막은 것뿐이니까. 또 끼어들려고 하면 아예 죽여주마!"

히죽대는 뚱보 여인을 쨰려보던 비연이 마동치에게로 고개를 돌렸다.

"마동치, 끼어들지 말고 거기 있어!"

"뭐야? 미쳤어? 죽으려고 환장했어? 지랄 마! 너 혼자 어떻게 그 인간들을 상대해?"

"시끄러! 진짜 저 할망구한테 죽고 싶어?"

"……?"

다시 뚱보 여인을 돌아보는 마동치.

딱 봐도 미친년 같았다. 자기 맘에 안 들면 마음 내키는 대로 가차 없이 휘저을 것 같은 낯짝. 마동치는 다시 오기를 부렸다.

"흥, 마음대로 하라고 해! 지랄 떨면 할망구고 뭐고 같이 뒈지면 되지, 뭐!"

마동치의 말에 뚱보 여인이 낄낄거렸다.

"낄낄낄, 내가 왜 뒈지느냐. 까불지 말고 얌전히 찌그러져 있어라. 수틀리면 네놈들이 걱정하는 저 아이까지 보내 버리는 수가 있다."

"……."

마동치가 대꾸를 못 하고 우물거리고 있을 때 마침 유철환이 거들먹대며 나섰다.

"하하, 나서지 않아도 되는데 본의 아니게 도움을 받게 됐구려. 고인이 계신 줄 몰랐소."

칼을 돌려 쥐고 손까지 모아 보이는 유철환.

뚱보 할망구의 작은 눈매가 슬그머니 찢어졌다.

"몰랐다고? 낄낄. 그래그래, 도와줬다 치자. 도와줬으니 어서 싸우기나 해라. 실력이나 보자."

"……."

기분이 나빠진 유철환이었다. 하지만 그도 할멈의 공력 수위를 확인했고 일부러 자극할 필욘 없었다.

유철환이 칼을 고쳐 잡으며 비연을 노려보았다. 어딘지 기분 나쁜 늙은이 때문에 어서 이 자리를 떠야겠단 생각뿐이었다.

의문의 뚱보 99

조비연도 그때부터 자세를 달리했다. 우선 취기를 날려 흔들리던 신형을 바로 했고, 반드시 이기겠단 살기를 피워 올렸다.

"가소로운 것!"

유철환보다 앞서 뒷골목 유협의 우두머리들이 고함을 터트리며 먼저 움직였다. 그들도 유철환처럼 자기들이 한 짓이 있어서 어서 이 자리를 떠야겠단 생각에 서두르는 것이었다.

카앙! 콰앙!

다시 시작된 싸움. 아까보다 더 치열했다. 마음 급한 무리들이나 취기를 날린 비연도 아까완 사뭇 달랐다. 강기가 난무하고 맹렬한 살기가 뒤엉켰다.

넓은 주루가 엉망이 되어가는 상황. 그럼에도 뚱보 할멈은 의자에서 꼼짝도 않은 채 싸움을 지켜보았다.

마동치와 덕우패 동료들도 일단 움직임 없이 조비연만 주시했다.

싸움이 한창 뒤엉켜 엎치락뒤치락하고 있을 때 유철환이 뛰어들었다. 마음 급한 그로선 질질 끄는 것이 못마땅했던 탓이다.

그가 뛰어들자 팽팽하게 이어지던 싸움은 현저히 조비연의 비세로 돌아섰다.

일파의 문주였던 자다운 무력. 몇 수 못 이어지고 비연의 신형이 튕겼다.

뒷발을 쿵쿵 찍으며 밀려나는 그녀를 유철환이 내버려 두지 않았다. 바로 신형을 쏘아 따라붙으며 치명적일 수 있는 일격을 가했다.

콰앙—

강기까지 실린 도격에 비연은 바닥에 고꾸라진 채 주루 바닥을 쓸며 쭈욱 밀려갔다.

"흐읍!"

목구멍에서 올라오는 피.

대단한 충격이었다. 곧바로 내상으로 이어질 정도로 유철환의 공격은 힘이 있고 매서웠다.

쿵!

뚱보 할망구가 있는 벽까지 밀려가 뒷머리를 부딪친 조비연.

형편없이 밀려 처박힌 자신의 모습이 불만인 그녀였다. 사부가 남겨준 월령비도를 갖고 있었다면 이런 꼴을 당할 리 없었기 때문이다.

비연이 입가의 핏물을 손등으로 닦으며 유철환과 그 일당들을 노려보는 그때.

"네년이 구암이 남긴 년이냐?"

"……?"

구암의 제자냐 물음이었다.

비연이 퍼뜩 돌아보았다.

뒤룩뒤룩 살찐 얼굴에 작은 유리구슬처럼 반짝이는 눈. 굳은 표정의 할망구 얼굴이 의자에 앉은 채 내려다보고 있었다.
"네년, 칼을 제대로 배우지 못했구나."
"사, 사부를… 알아?"
휘둥그레진 눈으로 놀라움을 표현하는 비연.
"……."
일언반구 없이 무섭게 내려다보는 할망구의 눈초리.
비연이 그녀를 재차 다그쳤다.
"누구야, 할멈은? 사부를 어떻게 알아?"
"웃기는 년! 피죽도 못 얻어먹은 년처럼 싸우는구나. 구암의 비도는 왜 사용하지 않는 것이지?"
"……?"
"쯧쯧, 일어나라. 가서 다시 제대로 싸워봐!"
솥뚜껑 같은 손이 조비연의 뒷덜미를 움켜잡더니 와락 일으켜 그대로 유철환에게로 집어던져 버렸다.
정신을 가눌 틈도 없이 그녀 덕분(?)에 다시 유철환의 도격에 휘말리는 비연.
콰앙! 쾅쾅쾅쾅!!
내상까지 입어버린 몸으로 다시 붙는다고 이길까. 유철환에다 다른 다섯 명까지 가세해 몰아치는 데야 버틸 재간이 없었다.
결국 별 힘도 못 써보고 다시 튕겨져 날아가는 비연. 이번엔 몸에서 핏물까지 튀었다.
"철랑—!"
마동치의 찢어지는 목소리가 날아가는 비연의 신형을 따라붙었지만 도움이 되지 못했다.
다시 벽에 머리가 부딪치려는 찰나. 만약 부딪친다면 그대로 머리통이 깨지거나 목이 부러질 수도 있는 상황에 거대한 신형이 그녀를 덮쳤다.
"미련하고 둔해빠진 년!"
비연을 낚아채 끌어안은 건 뚱보 할망구였다.
그 거대한 몸집이 그처럼 빨리, 그처럼 가볍게 움직일 수 있을 것이라곤 누구도 생각지 못한 일이었다.
툭툭.
혈도를 두드려 비연의 출혈을 막는 할망구. 그녀는 몹시도 화난 얼굴이었다.
"구암의 비도는 어떡했느냐? 왜 사용하지 않아?"
"누구야, 할망군?"
"알 것 없고, 묻는 말에 대답이나 해!"
할망구의 거대한 팔과 손에 안긴 채 노려보던 비연이 고개를 돌려 외면하며 대답했다.
"없어!"
"뭐? 왜?"
"원래 주인 줬어."

"원래 주인이라니? 그런 말 같지도 않은. 구암 말고 누가 월령비도의 주인이란 말이냐?"

"……."

아예 입을 닫아건 채 꿋꿋이 외면하는 비연.

꽉 깨문 입술에서 그녀의 고집스런 면을 보았는지 뚱보 할망구도 더 다그치지 않고 두꺼운 면상만 실룩거렸다.

"망할 년! 구암이 전인을 잘못 구했군. 그 인간 필생의 성명무기를 남에게 줘버리다니. 으드득!"

"……."

그래도 비연이 돌아보지 않자 할멈이 그녀를 와락 세워놓고 소릴 질렀다.

"잘 봐라, 이년아! 칼이란 게 어떻게 쓰는 물건인지 똑똑히 보여주마!"

대뜸 비연의 칼 한 자루를 낚아채 신형을 날려가는 할망구. 역시 그 표홀하기 그지없는 운신을 다시 보이고 있었다.

유철환과 그의 일당들은 갑자기 그녀가 덮쳐 오자 기겁을 했다.

정체조차 모르는 인물. 그렇다고 손 놓고 있을 수는 없어 모두 동시에 대응을 했다.

"무슨 짓이냐?"

휘익, 캉! 스컥!

카앙! 스컥—

놀라움을 금할 수가 없었다. 할망구의 칼에 대응하는 유철환과 그 일당들이나, 지켜보고 있는 덕우 패거리들이나 순식간에 벌어진 현실 같지 않은 상황을 믿을 수가 없었다.

너무나도 유려한 움직임. 두 번도 필요 없었다. 한 번의 칼질이면 족했다.

유철환과 그 일당들의 맹렬한 칼질 속에서 뚱보 할망구는 마치 나뭇가지 사이로 부는 바람처럼 훑고 다니며 단 여섯 번의 칼질로 여섯 모두를 깨끗이 유린해 주저앉혀 버렸다.

말도 나오지 않는 광경. 당한 유철환과 그 일당들은 어떠할까. 그 엄두도 나지 않는 놀라움에 분한 표정조차 짓지 못했다.

"누, 누구요?"

갈라진 옆구리를 잡고 주저앉은 유철환이 더듬대며 물었다.

하지만 할망군 힐끔 돌아보았을 뿐 일언반구 없이 비연 앞으로 이동했다.

"봤느냐? 칼이란 힘만으로 쓰는 것이 아니다."

가르치려 드는 할망구를 비연이 째려보았다.

"누구냐니까?"

악다구니를 쓰듯 하는 비연이었다.

"이쌍년!"

"뭐어?"

갑자기 욕지기라니. 비연의 눈자위가 온갖 성질을 다 부리며 실룩댔다.
한데.
"누구냐며? 내 이름이다. '이쌍년'이란 이름을 네 사부가 말하지 않더냐?"
"……?"
어벙한 비연이었다. 이름이라고?
할망구의 대꾸에 벼락을 맞은 것처럼 혼비백산 얼이 달아나 버린 건 유철환과 그의 일행들이었다. 얼마나 놀랐는지 턱이 빠질 듯 입이 쩍 벌어져 버린 그들이었다.

소혼천녀(素琿天女) 이쌍년.

첫 번째 의천왕(義天王).
즉, 낭왕 염치우나 검왕 남궁산, 창왕 양사신 등에게 의천왕이란 이름이 붙여지기 훨씬 전, 무림이 처음으로 의천왕이라 칭한 이름이 그 이름이었기 때문이다.
무림삼성보다 몇 년 위의 선배이고, 수십 년 전 여자로서 일파를 개파(開派)한다면 일대종사가 가능했단 인물. 너무 오래 세상에 그 존재가 드러나지 않아 은거를 했어도 지금쯤 죽었을 것이라 여겼던, 당대의 의천육왕 중 가장 신화적 인물이 바로 그녀인 것이다.

"호호, 호호호……."

그런 그녀를 돼지에 거지 취급하며 멸시하고, 그녀와 칼을 맞댔다는 게 너무도 경악스러운 유철환이 자기도 모르게 실소를 흘릴 지경이었다.

허리만 베이고 숨이 붙어 있다는 것도 꿈만 같은 그였다.

그런 유철환과 일당들의 표정을 슬쩍 쓸어본 비연이 다시 이쌍년을 보며 퉁명스레 대답했다.

"없어! 입에 담은 적!"

"……."

물끄러미 보는 전설의(?) 뚱보 할망구, 이쌍년.

"네 이마의 그 상처 자국. 구암의 월령비도를 가져간 놈과 관련 있는 거냐?"

"홍, 무슨 상관이야!"

비연이 또 고개를 돌려 외면했다.

하지만 그 순간 이쌍년이 느닷없이 비연의 뒷덜미를 낚아채 옆구리에 끼었다.

"뭐하는 짓이야? 왜 이래?"

"시끄럽다. 너, 당분간 나랑 지내야겠다. 같이 가야겠어!"

"무슨 소리야? 내가 왜 할망구랑 지내? 가긴 어딜 가? 놔! 안 놔?"

발버둥을 치는 비연.

하지만 그녀의 앙탈은 아무런 소용이 없었다.

의문의 뚱보 107

최초의 의천왕 이쌍년은 다른 자는 거들떠보지도 않고 그 육중한 몸을 날려 벼락같이 주루 밖 허공을 쏘아져 갔다.

*　　*　　*

극월세가로 돌아온 일행은 모두가 분주했다.

독을 당해 쓰러졌던 편가연에 대한 확실한 검진이 다시 이루어졌고 송일비에 대한 치료도 계속 이어지고 있었다.

"반야, 어때?"

외수가 허리까지 숙여 반야의 눈을 들여다보고 있었다. 독조 소후연은 치료 기간을 사흘이라 선언하였고 오늘이 그 마지막 날이었기 때문이다.

"보… 여?"

조심스러운 외수였다. 혹시 조금이라도 보일까 하는 기대를 가진 탓이다.

소후연이 비시시 웃었다.

"흐흐흐, 소교… 아니, 공자!"

궁외수를 소교주라 부를 뻔했던 소후연.

"시일이 걸릴 것이라 하지 않았소? 이제 독을 제거한 것뿐이오. 최소한 일 년은 있어야 그 희망이라도 보일 것이오."

"독은 완전히 제거된 겁니까?"

"그렇소. 아주 깨끗이 지웠소. 향후 좋은 약재들을 복용하며 시신경이 살아나길 기다리는 일만 남았소."
 "얼마나 걸리겠소?"
 "그건 장담할 수 없소. 회복되는 속도에 따라 다르니까."
 "어쨌든 볼 수는 있는 거요?"
 "그렇소. 좋은 약들을 복용하다보면 어느 날 갑자기 보일 게요."
 소후연의 대답에 외수는 흥분이 되었다. 낭왕에게 빚진 마음의 일부라도 갚을 수 있게 됐단 기쁨에 들떴다.
 "고맙소."
 "흐흐, 별말씀을."
 외수는 웃는 소후연을 보며 반야에게로 고개를 돌렸다.
 "반야, 조금만 더 기다려. 들은 것처럼 곧 볼 수 있게 될 거야."
 "네, 공자님. 감사… 해요."
 너무 기뻐 울먹이는 반야였다.
 할아버지가 그처럼 노력해서도 치료 방법을 찾지 못했던 독. 그것을 말끔히 제거한 것도 모자라 머잖아 앞을 볼 수 있게 된다는데 어찌 울컥하지 않을까. 되레 펑펑 울고 싶은 것을 참고 있는 반야였다.
 "공자, 그럼 소인은 물러가 보겠소."
 넉넉한 미소를 지은 소후연이 돌아서자 외수도 바로 따라 움직였다.

"반야, 쉬고 있어. 다시 올게."

마음이 급한 탓이다.

소후연이 나간 별채 마당에 궁뇌천이 곽천기, 연우정을 세워두고 커다란 흔들의자에 널브러진 채 세월아 네월아 하고 있었다.

그처럼 느긋할 수 없었다. 마치 세상만사 모든 것이 무관하고 무심한 듯한 수상하기 짝이 없는 영감탱이.

외수로선 그의 정체가 정말 궁금했지만 일단 조용히 다가서 자신의 속내부터 꺼내놓았다.

"부탁할 게 있소."

두 손에 뒷머리까지 괴고 최대한 펴져 있던 궁뇌천이 힐끔 돌아보았다.

"부탁?"

외수에게서 듣기 힘든 말이라 이채를 띤 눈초리였다.

"그렇소."

"그런 것도 할 줄 아느냐? 말해라."

"당분간 극월세가에 머물러 주시오."

"그게 부탁이냐?"

"그렇소."

"이유는?"

"한동안 내가 세가를 비워야 하기 때문이오."

"왜, 나가서 세상 엎어버리려고?"

"극월세가를 노리는 놈들을 끝장내야 하오."

"……."

말없이 노려보는 궁뇌천. 하지만 그의 대답은 바로 궁외수를 실망시켰다.

"그럴 수 없다."

"어째서요? 달리 할 일이 있는 거요?"

"당연하지. 그러잖아도 떠나려던 참이다. 내가 이러고 있으니까 할일 없는 무지렁이로 보이느냐? 엄청 바빠. 훙!"

왠지 심술을 부려보는 것 같은 궁뇌천의 태도에 외수가 곽천기와 연우정, 그리고 소후연을 다시 한 번 쓸어보았다.

결코 평범치 않은 인간들.

외수는 두말하지 않았다.

"알겠소. 살펴가시오."

돌아서는 외수. 그 바람에 당황한 건 궁뇌천이었다. 한 번쯤 더 조를 줄 알았는데 전혀 아쉽지 않단 듯 돌아선 탓이다.

그 모습에 곽천기가 픽 웃었다.

"흐흐, 깔끔하군요. 성격이. 피는 못 속인다더니 아주 판박입니다. 한 번 더 부탁을 해봤더라면 들어줬을지도 모르는데. 흐흐훗."

궁뇌천의 눈초리가 바로 날아가 꽂혔다.

"야, 곽천기."

"말씀하십시오, 교주."

"니가 지금 감히 내 맘을 안다고 지껄인 것이냐?"
"아니었습니까?"
"이 새끼가?"
한방 쥐어박을 것처럼 벌떡 일어나는 궁뇌천.
그 바람에 곽천기가 찔끔하며 방어 태세를 취했으나 다행히 궁뇌천의 주먹이 날아들진 않았다.
"따라와!"
가차 없이 돌아서 외원 쪽으로 향하는 궁뇌천.
멀뚱해진 곽천기가 소후연과 연우정을 돌아보곤 곧바로 뒤따르며 확인했다.
"정말 가시게요?"
"시끄러!"
이해할 수 없는 곽천기. 그러나 더 이상 찍소리도 못했다.
하지만 정문이 가까워지자 독조 소후연이 곽천기를 대신해 물었다.
"교주, 정말 이대로 떠나는 것이오?"
"그렇다."
"어째서요? 바쁜 일도 없지 않소. 여기 극월세가가 적잖이 위태로워 보이는데 소교주의 청을 굳이 거절하면서까지……."
"상가이지 않느냐. 우리가 머물러서 오히려 피해가 생길 수 있는 곳이야."

"……?"

소후연과 곽천기 등이 빨리 이해를 못했다.

궁뇌천의 깊은 배려였다.

그라고 왜 아들 곁에 있고 싶지 않을까. 그라고 하나뿐인 아들의 부탁을 어찌 거절하고 싶을까. 하지만 자신들의 정체 때문에 이목을 경계하는 것이다.

일월천 교주 첩혈사왕, 그리고 일월천의 최고 서열 수뇌들.

행여 그 신분이 까발려져 소문이라도 났을 때 극월세가가 받을 타격과 그에 따른 파장을 걱정하는 탓이다.

하여 마음은 불편했지만 어쩔 수 없이 극월세가를 벗어나는 것이다. 그런 일이 벌어졌을 경우 극월세가뿐 아니라 아들 외수에게도 좋지 않은 영향을 미칠 것이기에 무거운 걸음을 옮겨가는 것이다.

하지만, 어쩌면 기우일수도 있었고 사소한 걱정일 수도 있었던 그것이 즉각 궁뇌천 앞에 현실로 나타났다.

눈앞에 우두커니 서서 노려보고 있는 두 사람.

"굉장하군. 어이도 없고."

비천도문의 주인 신투 송야은은 갑자기 우뚝 멈춰 서서 마주 오는 이들을 노려보며 중얼대는 사하공의 말이 무슨 뜻인지 이해하지 못했다.

무엇이 굉장하고 또 어이가 없다는 것인지.

기억에 있었다. 초로의 구부정한 늙은이. 사하공이 그를 보고 몹시도 긴장하던 기억. 그를 두고 어이없고, 또 굉장하다 한 것인가? 사하공의 눈은 분명 그에게 박혀 있었다.

한데 바로 이어진 사하공의 지껄임은 송야은으로 하여금 양손에 들고 있던 술 단지마저 떨어뜨릴 뻔하게 만들 만큼 충격을 안겼다.

"마도의 공포, 피의 지배자, 첩혈사왕!"
"뭐뭣?"
기겁을 하는 송야은.
하지만 사하공은 덤덤하기만 했다.
"어째서 당신 같은 악마가 이곳을 들락거리는 것이지?"
궁뇌천이 사악하기 그지없는 쓴 미소를 씨익 매달았다.
"많이 삭았군. 사하공!"
"쓸데없는 소리 지껄이지 말고 묻는 말에 대답이나 해라!"
"허거걱?"
사하공의 일갈에 송야은이 까무러칠 정도로 뒤집어졌다. 지껄여?

첩혈사왕이라면서.

그러잖아도 긴가민가 어지러운 상황에 사하공의 태도가 어찌 심장을 쪼그라들게 하지 않을까.

마도 통일의 주역이고, 현존 최강의 무인이라는 그 공포의 절대자… 첩혈사왕이라면서.

"내가… 네놈이 물으면 대답해야 하는 신분이더냐?"
 섬뜩한 살기와 위엄이 서린 말투. 거기다 쏘아보는 눈빛 또한 범할 수 없는 공포가 표출되고 있었다.
 정체를 알고 난 송야은으로선 소름이 끼쳐 숨조차 쉬어지지 않을 지경이었다.
 그뿐인가? 호위하듯 둘러선 세 사람은 또 무엇인가. 대기 중의 먼지마저 송곳처럼 느껴질 정도로 끔찍한 살기를 사하공을 향해 뿜어대고 있지 아니한가. 마치 당장 달려들어 발기발기 찢어놓을 것처럼.
 한데 숨통이 터질 것 같은 그 매서움 속에도 사하공은 전혀 개의치 않았다.
 "죽지 않고 살아 있을 줄 알았다. 여전히 내 칼에 피를 묻히고 다니겠지?"
 "이젠 내 검이지."
 "강탈해 간 주제에 뻔뻔하구나."
 "네가 만들었다고 해도 주인은 검이 정하는 법. 나를 원했으니 내가 취해주었을 뿐이다."
 송야은이 허옇게 뜬 얼굴로 사하공을 돌아보았다.
 마도 절대자의 검도 그가 만든 것이었다니 어찌 놀라지 않을까. 두 사람에게서 눈을 뗄 수 없는 송야은이었다.
 분을 못 이기겠단 듯 이글이글 타오르는 사하공. 그는 궁뇌천이 자신의 대장간을 찾았던 때를 잊지 못한다.

진한 혈향(血香)이 풍겨오던 그날. 마치 피의 폭풍처럼 한 인간이 등장했고 그가 첩혈사왕이었다.

사하공은 그 즈음 때마침 신검 하나를 완성했었는데, 검이 흘리는 기운과 절대신병이란 걸 숨기기 위해 일부러 검신에다 철을 입히는 작업을 마치고 있었다.

그런데 하필이면 그때 그 인간이 들이닥친 것이다.

물론 어마어마한 인간이 오고 있단 기미에 사하공은 일부러 검을 숨겼었다. 하지만 그는 검이 흘리는 기운을 바로 알아차렸고, 막아섰었지만 어쩔 수 없이 빼앗기고 말았다.

자신이 가진 모든 금전을 내놓고 씨익 웃던 그가 마지막으로 던지고 간 말은 '잘 쓰겠소'란 한마디였다.

이후 검은 수만 명을 피를 머금으며 혈검으로 변했고, 그가 첩혈사왕이란 마도의 공포라는 사실을 알았을 땐 피를 토하며 후회해도 소용없는 일이었다.

그러니 어찌 원통하고 분하지 않을까. 자신의 손에 의해 탄생된 신검이 마검이 되어버렸는데.

사하공의 성난 눈은 자연히 궁뇌천의 다리 옆에 늘어진 검으로 떨어졌다.

그러자 궁뇌천이 다시 씨익 웃었다.

"후훗, 아직도 미련이 남았나. 돌려주랴?"

희뜩 눈을 까뒤집는 사하공.

"끔찍한 소리! 누가 그딴 피에 찌든 혈검을 갖겠다고 했냐. 어째서 이곳에 알짱대는 것인지 그것이나 말해!"

사하공의 막말에 곽천기가 못 참고 슬그머니 나섰다.

"그런데 이 영감태기가 죽으려고 환장을 했나. 알짱? 모가지가 한 열 개쯤 되어서 어디 막 숨겨두고 다니나 봐? 그리고 영감이 만든 칼을 천하의 위대한 주인께서 사용해 주는 것만으로도 감지덕지할 일이지, 어디서 감히 누구를 향해 눈깔을 부라리고 주둥일 나불대? 그 눈깔 후벼 파고 주둥일 콱 찢어 줄까? 창자를 꺼내 자근자근 써는 고통을 알게 해줘?"

정말 그럴 걸처럼 칼을 잡고 위협적으로 구는 곽천기.

그뿐 아니라 철혈마군의 수장 연우정까지 못 참겠단 듯 다가서자 사하공보다 송야은이 먼저 질색을 했다.

그가 상대의 수위를 파악 못 할까. 무력도 무력이지만 거칠 것이 없는 자들. 여기가 어디건 그런 것을 신경 쓰고 살상을 할 자들이 아닌 것이다.

하지만 그 순간 궁뇌천이 두 사람을 제지했다.

"그만둬."

즉시 멈춰 서는 두 사람. 송야은은 속으로 천지신명 만세를 외치고 있었다.

하지만 그래도 사하공을 향해 퍼부어대는 두 사람의 살기는 여전히 무시무시하기만 했다.

거기에 전혀 개의치 않는 사하공.

"흥, 그 꼴을 하고 다니는 걸 보면 숨길 게 많은 모양이지? 무엇이 켕겨서 마도의 위대한 절대자께서 변체환용까지 하고 다니시는 걸까?"

송야은은 사하공의 입을 틀어막아 버리고 싶었다. 그가 한 마디 한 마디 내뱉을 때마다 수명이 바짝바짝 줄어드는 것 같은 고통이 엄습하고 있었다.

하지만 스스로 인정해 버리는 마도의 절대자.

"맞아. 숨겨야 할 게 많지!"

그게 더 무서웠다.

하지만 송야은은 궁금했다. 정말 그가 어째서 상상도 되지 않는 이곳에 있는 것인지.

"흥!"

꼴도 보기 싫단 듯 사하공이 돌아섰다. 뒤도 돌아보지 않고 죽림으로 향하는 사하공.

송야은이 눈치를 살피며 얼른 뒤따라 움직였지만 궁뇌천은 꿈쩍도 하지 않았다.

"저것들을?"

보고 있던 곽천기가 쌍심지를 치켜세웠다.

"교주, 놔두실 겁니까? 제가 조용히 처리하고 올까요?"

"놔둬."

"왜요? 지워야 되지 않겠습니까?"

"넌 그가 발설할 인간같이 보이느냐. 생각이 깊은 자다. 발설했다가 어떤 파장이 미칠지 그 자신이 더 잘 알아. 극월세가를 위해서라도 그는 발설 못 해."

멀어져 가는 사하공을 그윽한 시선으로 쳐다보는 궁뇌천. 외수가 가진 검을 보고 사하공이 아직 살아 있고 멀지 않은 곳에 있겠다 싶었지만 이처럼 같은 공간 내에 있을 줄은 생각도 못한 그였다.

"후훗, 묘한 인연이군. 아니, 그에겐 얄궂은 건가?"

싱긋이 웃음을 흘린 궁뇌천이 아무 일도 없었다는 듯 다시 정문을 향해 움직였다.

* * *

편가연은 마치 가시방석에 앉은 것처럼 마음을 진정할 수 없었다.

그녀는 시시가 기력회복을 위한 탕약을 가져오자 약은 제쳐 두고 그녀의 손목부터 잡아끌고 보았다.

"시시, 시시!"

"예, 아가씨. 왜 그러서요?"

"공자님께서 떠나신단 말 들었어?"

"네, 흉수 때문에 무림맹을 가실 거라고……."

"아니, 아니. 그거 말고. 세가의 위협을 해결하고 나면 여길 아주 떠나겠다고 하셨단 말이야. 폭주하는 기운 때문에."

"……?"

"지금 어디 계셔? 뭘 하고 계시지?"

"반야 아가씨의 치료를 지켜보신 후 지금은 뒤채에 가신 걸로 알고 있어요."

"북해 빙궁 사람들?"

"네."

"그건 그렇고, 시시. 어떡해야 돼? 어떡해야 공자님 마음을 되돌릴 수 있을까?"

마음이 착잡한 시시였다. 궁외수가 떠나겠다고 했단 것도 그렇지만 처음부터 그의 마음이 편가연에게 있지 않았단 사실을 알기 때문이다.

"시시, 네가 공자님 마음을 돌려줘."

"아가씨, 제가 어떻게……."

"처음에 그분을 모셔온 것도 너였고, 다시 세가로 돌아올 수 있게 만든 것도 너의 정성이었잖아. 그러니 너라면 할 수 있을 거야. 부탁해, 다시 한 번만 애를 써줘!"

"……."

시시의 마음을 모르는 편가연. 시시는 대답을 할 수가 없었다.

"시시, 왜 입을 닫고 있어? 대답해 줘. 그가 떠나면 난 못 견딜 것 같아."

힘없이 편가연을 쳐다보던 시시가 입술을 지그시 깨문 뒤 대답했다.

"알겠어요, 아가씨. 노력해 볼게요."

"안 돼. 노력만으론 안 돼. 반드시 잡아야 돼. 그러니까 이번 무림맹으로 가는 길도 네가 동행해 줬으면 해. 같이 가서 마음을 돌릴 수 있도록 틈만 나면 애를 써줘."

"……."

"왜 대답을 안 해, 시시? 싫은 건 아니지?"

또 어쩔 수 없이 대답을 해야 하는 시시.

"네, 아가씨. 그렇게… 할게요."

"고마워. 네가 없었음 어쩔 뻔했어. 항상 네가 옆에 있어서 큰 위안이 돼. 고마워, 시시."

"별말씀을요. 걱정 마세요. 제가 공자님을 잘 설득해 볼게요. 우선 마음을 가라앉히시고 약부터 드세요. 아가씨께선 흔들리는 모습을 보여선 안 돼요."

"그래, 알았어."

시시가 가져온 약을 억지로 마시는 편가연. 그러다 그녀는 시무룩하게 있는 시시를 확인하곤 물었다.

"시시, 왜 그래? 무슨 일 있니? 요즘 왜 이렇게 힘이 없어?"

"아니에요, 아가씨."

얼버무리는 시시.

눈치를 조심스레 살피던 편가연이 거듭 물었다.

"송 공자님 다친 것 때문이니?"

"……."

시시의 마음도 모르고 질문을 던지는 편가연. 시시가 바로 말을 돌렸다.

"참, 아가씨. 이것을 드린다는 게 깜빡 잊고 있었어요. 죄송해요."

서둘러 품속에서 무언가를 꺼내 내미는 시시.

"이게 뭔데?"

시시의 이름이 적힌 정혼 문서였다.

별로 반가운 표정 없이 심드렁한 편가연.

"이것을 챙겨서 갖고 있었구나. 나도 잊고 있었네?"

잠시 내용을 확인하던 그녀는 다시 문서를 시시에게 내밀었다.

"시시, 이건 태워 버려!"

"예?"

"아버지께서 날 위해 약간의 안배를 하신 거지만 궁 공자님 입장에선 기분 나쁘실 수 있는 문서야. 그러니 태워 버리는 게 좋겠어. 그와 내가 정혼 관계라는 사실이 중요한 것이지 이런 종이 따윈 이제 아무런 의미도 갖지 못해."

"……."

시시는 받지 않을 수 없었다. 자신은 마음은 아팠지만 그녀의 말이 틀리지 않았기 때문이다.

"그만 내려가 볼게요."

시시는 문서를 받아들고 힘없이 돌아서 편가연의 방을 빠져나왔다.

경계를 서는 위사들이 마당 한쪽 청동화로를 받쳐 피워놓은 화톳불.
시시는 그 앞에 서서 머뭇거렸다. 태워야겠지만 선뜻 나가지 않는 손.
다시 한 번 조심스레 문서를 펼쳐 보는 시시.

―내 딸 수연과 혼인을······.

선명한 자신의 이름.
손이 떨렸다. 왠지 눈물이 날 것 같아 참을 수 없었다. 하지만 편가연의 말처럼 이름만 적혔을 뿐 자신은 아무 상관도 없는 내용인 것을.
시시는 문서 다시 접어 불끈 쥐었다. 그런데 불속으로 던지려는 찰나.
"시시 낭자!"
"······?"
"거기서 뭘 하고 있소?"
송일비의 밝은 음성.
시시는 후다닥 문서를 품속에다 찔러넣으며 그를 돌아보

았다.

"뭔가 태우려는 거였소?"

"아니에요, 송 공자님. 어쩐 일이세요, 이곳까지?"

"그대가 보이지 않아서 말이오. 흐흣, 역시 바깥 공기가 좋구려."

"어머, 죄송해요. 약 드시고 붕대도 갈아드렸어야 하는데, 죄송합니다."

"아니오. 약도 붕대도 이제 그리 자주 먹고 갈지 않아도 되오. 이처럼 가뿐해졌잖소."

멀쩡하단 듯 두 팔을 활짝 펼쳐 보이는 송일비.

"고맙소. 덕분에 이렇게 빨리 나을 수 있었소. 흐흐흐."

입이 찢어지는 송일비였다. 요즘 그는 세상을 다 얻은 듯한 그의 기분이었다. 그처럼 갈망하던 시시가 오로지 자기만을 위해 애를 쓰고 있다는 게 말할 수 없이 기쁘고 흐뭇하기만 했다.

"그런데 궁외수, 그 인간은 어디 있소?"

같은 시각. 송일비가 찾는 외수는 뒤채에서 북해 빙궁의 신녀 항아와 마주하고 있었다.

"미안하게 됐어. 무적신갑을 가진 놈이 나타났는데 놓쳤어."

"얘기 들었어요. 어쩔 수 없는 일이죠."

"하지만 실망하지 마. 놈들의 실체가 드러나고 있으니 곧 다시 그놈을 마주하게 될 거야."

"내일 무림맹으로 떠날 예정이라고요?"

끄덕.

"놈들이 드러났을 때 잡으려고."

"저도 같이 움직이겠어요."

"응?"

생각지 못한 말에 외수가 눈을 껌벅댔다.

"달갑지 않은 표정이군요?"

"그게 아니라 불편하지 않겠어? 빙차라는 저것도 그렇고, 아무래도 시선을 받을 텐데?"

"내 생명은 물론 북해 빙궁의 미래가 걸린 일이에요. 무적 신갑을 가진 그자가 나타난다면 다시 놓칠 수 없어요."

"……"

물끄러미 쳐다보는 외수. 거부할 수 없었다. 어쩌면 더 절실한 사람은 그녀일 테니까.

* * *

"여기가 어디야?"

입에 담기도 뭣한 '쌍년'이란 해괴한 이름의 뚱뚱보. 조비연은 그 정체도 모르는 괴물 할망구에게 잡혀 꼬박 하루를 날아온 듯했다.

"먹어라!"

산속의 초라한 가옥이었다. 할망구의 너저분한 행색만큼이나 엉망진창인 초가.

"왜 할망구 먹을 걸 내게 디밀어?"

다섯 사람은 족히 먹고도 남을 엄청난 양이었다. 그런 음식을 할망구는 집안 커다란 탁자에 비연을 잡아 앉혀놓고 있는 대로 꺼내 쌓아놓고 있었다.

"네년은 그걸 먹어야 한다."

"뭐? 왜?"

"너무 빼짝 곯았잖아. 그런 몸뚱이로 어떻게 칼을 휘둘러?"

"그러니까 칼을 휘두르기 위해 이걸 먹어라?"

"그렇다, 이년아!"

"푸하하하, 오호호호!"

"왜 웃고 지랄이냐? 건방지게. 확 아가릴 찢어버릴까 보다."

비연이 폭소를 하듯 웃어젖히자 이쌍년이 살집에 눌린 작은 눈을 실룩대며 쩨려보았다.

비연도 자기만큼이나 입이 거친 할망구를 보며 어이없어했다.

"아하하하. 이봐, 할망구? 도대체 무슨 수작이야? 내가 왜 아무 이유도 없이 여기 끌려와서 당신이 시키는 대로 이딴 걸 먹어야 돼?"

"시끄럽다! 내게 칼을 배우려면 먹어야 된다!"

"뭐뭣, 뭘 배워?"

"왜 못 들은 척 난리냐. 이년이."

"그게 무슨 귀신 씨나락 까먹는 소리야? 내가 왜 할멈한테 칼을 배워? 그리고 칼을 배우는데 살이 쪄서 할멈처럼 뚱뚱해야 돼? 싫어! 나도 할멈만큼 살쪄봐서 아는데, 그때로 돌아가기 싫어!"

"웃기고 자빠졌네. 누가 나처럼 살찌우라더냐."

"그럼 왜 이렇게 많은 음식을 먹으라고 해?"

"수련 도중 힘이 달려 뒈질까봐 먹이려는 것이다. 살 같은 소리하고 있네. 나중에 더 달라는 소리나 하지 마라!"

"미쳤어? 그런 걸 내가 왜 해? 정신나갔군. 내가 시키면 할 거라고 끌고 온 거야?"

"이년이 배우라면 배울 것이지 웬 말이 이렇게 많아?"

불쑥 뻗는 솥뚜껑 같은 손.

"이제 이딴 건 필요 없다!"

카캉— 콰콱!!

"무슨 짓이야?"

놀란 비연이 고함을 지르며 벌떡 일어섰다. 할멈이 쌍도의 도신을 둘 다 부러뜨려 벽에다 던져 버린 것이다.

"실력도 없는 것들이나 쌍도를 쓰는 것이다. 더구나 비쩍 마른 주제에 저딴 무식한 칼은 더더욱 맞지 않아!"

 벽에 박힌 자신의 칼을 보면서 얼이 빠져 버린 비연. 칼을 맨손으로 부러뜨린 힘도 대단했지만 탁자 위의 칼을 낚아채 가는 손속도 무시무시했던 탓이다.

 뿐만 아니었다. 아무 짓도 안 했는데 갑자기 그녀 뒤 침대가 들썩거리더니 밑에서 커다란 상자 하나가 매캐한 먼지를 피워 올리며 탁자 위로 날아왔다.

 물론 내력에 의한 것이었다.

 실로 놀라운 공력. 저 정도 크기와 무게를 움직일 정도면 기운 만으로 상대를 살상할 수도 있다는 의기상인(意氣傷人)의 경지도 가능하단 뜻.

 덜컹!

 크고 두꺼운 상자의 뚜껑 역시 먼지를 날리며 혼자 열렸다.

 비연의 눈이 상자로 떨어졌다.

 시커먼 한 자루 칼.

 "삼십여 년 전쯤 웬 미친놈이 설치고 다니기에 그놈을 골로 보내고 빼앗은 것이다. 지금부터 네가 주인이고 넌 이것을 사용한다."

 "……."

 쌍도의 도면만큼 넓지 않았으나 훨씬 더 긴 길이의 장도(長刀).

 비연이 내려다보고 있자 이쌍년이 말했다.

"들어 보아라!"

"흥, 내가 왜?"

팔짱을 끼고 고개를 돌린 채 다시 털썩 자리에 주저앉아 버리는 비연.

"이년잇!"

진짜 살기가 확 일었다.

하지만 비연은 외면한 채 눈도 깜짝하지 않았다.

"정체나 밝히시지. 말도 안 되는 억지 부리지 말고. 흥!"

"이쌍년이라고 하지 않았더냐."

"그러니까 그 쌍년이 뭐하는 사람이고 나랑 무슨 관계이기에 다짜고짜 칼을 배우라 마라 하는 것이냐고?"

수십 년 전 은거한 인물을 이제 스물다섯 살의 조비연이 알 리가 만무했다.

"이년이 배우라면 군말 없이 따르기나 할 것이지. 으드득, 망할 년 같으니!"

비연이 바들바들 떠는 이쌍년을 이해할 수 없단 듯 힐끔댔다.

"그것참 이상하네. 어째서 화까지 내면서 칼을 가르치려고 들까. 생판 처음 보는 사이에?"

"이년아, 소혼천녀라고 들어보지 못했느냐?"

"소혼천녀? 그게 어디서 파는 물건인데?"

"지랄! 오륙십 년 전 세상이 날 부르던 이름이다."

그제야 비연이 슬그머니 고갤 돌려 똑바로 마주했다.
"오래됐네. 그러니 어떻게 알아? 한데 우리 사부완 무슨 관계야? 사부의 월령비도를 어떻게 알지?"
"구암, 그 인간과는 오래도록 알던 사이다."
"어떻게?"
"끙—!"
화를 참느라 신음까지 흘리는 할멈.
거기다 비연은 더욱 부채질을 해댔다.
"오래도록 알던 사이라니? 난 보지도 듣지도 못했는데?"
"오래전, 소싯적부터… 알던 사이다."
"소싯적이라… 혹시 그럼… 정인(情人)?"
"……."
이쌍년이 움찔한 듯했다.
"흠, 사랑했던 사이신가? 아니면, 혹시 부인?"
비연의 말에 안면이 벌겋게 달아오르는 이쌍년.
눈꼬리를 휜 비연이 놓치지 않고 빠르게 그녀의 기색을 살폈다.
급기야 이쌍년이 폭발했다.
"그래, 이년아! 한때나마 정인이었다. 됐느냐?"
비연이 뜻밖이라는 듯 눈을 껌뻑대면서도 더 꼬리를 잡고 늘어졌다.
"오호호, 그랬었군. 그런데 어째서 따로 살았을까? 같이 살지 않고? 헤어졌나?"

"이런 빌어먹을 년! 그래, 헤어졌다. 네년의 사부 구암, 그 인간이 날 버리고 도사가 되겠다며 떠났다. 그 알량한 비도술 때문에!"

"……?"

비연도 더 이상 이죽대지 못하고 긴장했다.

얼굴이 벌겋게 달아오른 할멈이 죽일 듯이 노려보다 한순간 밖으로 뛰쳐나갔고, 뛰쳐나가기 전 그녀의 눈에 맺히는 한 방울 눈물을 본 듯했기 때문이다.

멍한 비연.

"이게… 무슨 일이래? 저 괴물 할망구의 눈에 눈물이라니? 뭐가 어떻게 되는 거야?"

第四章

무림행

녀석이 선악에 대한 관념이 갖춰지지 않은 인간이었다면 정말 세상은 녀석의 손에 의해 끝장났을 것이다. 자신이 영마라는 사실과 폭주하는 것에 대해 아예 괴로워하지 않았을 테니까.

—태극검제 무양

"어이해 대낮부터 이처럼 술이시오?"

주향(酒香)이 가득한 죽림으로 들어서며 코끝을 찡그리는 궁외수.

"어쩐 일이냐?"

돌아보는 사하공의 눈길이 더없이 처연했다.

외수는 낌새가 이상한 걸 알아차리고 마주앉아 있는 신투 송야은에게 확인을 하며 다가섰다.

"무슨 일 있었소?"

"별로 마주치고 싶지 않은 자를 마주친 탓에 저러고 있다."

"마주치고 싶지 않은 자?"

"그래. 과거 그의 검을 강탈해 갔던 자! 가져간 그 검을 수천수만 명의 피로 물들여 버린 자!"

"……?"

"뭐, 매일 마시는 술이니 물론 그것 때문만은 아니겠지만……. 어쨌든 아까 그 끔찍한 인간을 마주한 이후 저리 가라앉았다."

'끔찍한' 이란 말에 외수가 이채를 띠었다. 예전 사하공이 했던 말이 떠오른 탓이다. 악마의 기운을 운운하며 외수 자신과 똑 닮았다던 자. 수만 명이 죽어나간 대혈겁의 주인공.

외수의 눈살이 깊게 찌푸려졌다.

"음, 혹시 그가 너와 편가연을 만나러 왔던 것이냐?"

"누굴 말하는 것이오?"

"전에 내전 쪽으로 들어가는 걸 봤었고, 이번에도 안쪽에서 나오는 걸 마주쳤기에 물어보는 것이다."

"……."

외수는 퍼뜩 짚이는 게 있어 확인했다.

"구부정한 모습으로 다니는 초로의 영감을 말하는 것이오?"

"……."

외수는 당연히 노인 행세 중인 궁뇌천을 염두에 두고 한 질문이었고, 송야은은 자신의 짐작이 맞는 듯하자 안색이 굳어졌다.

"그건 진짜 모습이 아니다."

"……?"

"늙은이가 아니야. 본모습을 감추고 있을 뿐이야."

외수의 눈이 커졌다.

"그를 아시오?"

"무슨 일로 왔더냐? 무엇 때문에 그 엄청난 자가 너와 편가연을……?"

"아니오. 예전 길에서 우연히 만난 사람일 뿐이오."

"……."

"누구요, 그가?"

"그는 마교의 첩……."

송야은이 궁뇌천의 정체를 까발리려는데 사하공이 버럭 소릴 지르며 역정을 냈다.

"치워라! 그 인간 이름 꺼내지 마!"

듣기 싫은 탓도 있었지만 밝혀서 좋을 게 없는 이유이기도 했다.

"넌 왜 온 거냐?"

외수는 사하공의 격한 반응에 지그시 그를 노려보았으나 일단 더 묻지 않고 가만히 옆에 앉았다.

"말씀드릴 게 있소."

"말해라."

"영감의 원수를 찾았소."

"……."

급격히 굳는 사하공의 안색. 송야은의 눈도 커졌다.

"위지세가냐?"

이미 확신을 하고 있었단 듯 나직이 뇌까리는 사하공.

외수는 묵묵히 고개를 끄덕였다.

"내용까지 확인한 것이냐?"

"그렇소."

"……."

눈을 질끈 감아버린 사하공이 술잔의 술을 단숨에 들이켜고 거칠게 내려놓았다.

탕!

분노에 바들바들 떠는 손. 말을 하지 않아도 그의 감정을 충분히 알 수 있었다.

외수는 잠시 그를 지켜보다 두말 않고 가만히 일어섰다.

"되찾아 오겠소."

다시 등을 돌려 걸어가는 외수. 어떻게 해줄까 물을 필요도 없고 어떻게 하겠다 말할 필요도 없단 듯 외수는 천천히 죽림 밖으로 향했다.

사하공의 고개는 떨어진 채 들리지 않았다. 송야은만 떠나는 외수를 무겁게 쳐다보고 있을 뿐이었다.

* * *

무척이나 어두운 지하 밀실. 작은 등불 하나만 밝힌 탓에 어둡고 칙칙하게 느껴지는 것일 뿐, 꽤 많이 꾸며지고 큰 공간이었다.

세가 내 최고수이며 무림에서도 '위천검'이란 명성을 가진 구풍백 한 사람만을 대동한 위지세가의 가주 위지람은 조바심 때문에 밀실 안을 서성대며 반대편 작은 문이 열리길 기다리고 있었다.

"젠장, 젠장!"

뒷짐을 지고 서성대는 와중에도 끊임없이 화를 토하는 위지람. 평소에도 과묵하기 짝이 없는 구풍백이 그의 행동에 일언반구하지 않고 묵묵히 서 있기만 했다.

하지만 위지람이 그의 말문을 유도했다.

"어떻게 생각해? 누가 시킨 일이고 목적이 무엇이었던 것 같아?"

지난번에 잠입한 자객들을 두고 하는 말이었다. 위지세가는 그에 대해 지금까지도 명확한 무엇도 얻어내지 못해 골머리를 앓는 중이었다.

생포라도 했다면 고문이라도 해서 알아냈겠지만 한 명은 도주하고 한 명은 죽어버렸기에 아무것도 손에 쥔 것이 없는 상황. 극월세가를 향한 엄청난 음모에 가담하고 있는 위지람으로선 속이 탈 수밖에 없었다.

만약 정보를 얻기 위한 잠입이 아니라 누군가를 살해할 목적으로 숨어 있었던 것이라면 오히려 다행스런 일이라 할 수 있었다. 그러나 노리던 것을 얻어 도주한 것이라면 그것은 정말 치명적이었고, 돌이킬 수 없는 상황이기에 그가 이처럼 안절부절못하는 것이었다.

구풍백이 무겁던 입을 열었다.

"내가 볼 때 이 일은 극월세가 쪽의 움직임인 것 같소. 설령 그게 아니더라도 어떻게든 극월세가의 귀로 들어갈 것이오. 무조건 그리 알고 거기에 대비하는 게 최선이오."

"으득, 어리석은 놈들. 아직까지도 그처럼 철이 없다니. 내가 두 녀석을 잘못 키웠어."

"원앙벽력검에 대한 일까지 세상에 알려질 수도 있소."

거듭되는 구풍백의 말에 위지람의 화는 극에 달했다.

"편장우! 그 인간한테선 아직 연락이 없는 거야? 이번 극월세가 자선행사를 기점으로 끝장을 낼 것이라 장담했었잖아."

"아직 온 게 없소. 하지만 편가연이 살수의 암습을 받았단 소문 외에 달리 퍼지는 것이 없는 걸 보면 아마 이번에도 죽이는 데 실패했을 가능성이 높아 보이오."

"젠장, 젠장! 망할!"

쉬지 않고 화를 토하는 위지람.

편가연만 죽는다면 이런 고민이고 뭐고 할 필요도 없었다. 사하공의 일 또한 고민거리도 되지 못하는 것이었다.

소문이야 잡아떼고 무시하면 그만인 일. 그런데 편가연이 죽지 않고 극월세가가 멀쩡하다면 그건 정말 문제인 것이다.

 위지람이 끓는 화를 삭이지 못해 안면까지 벌겋게 달아올라 있을 때 기다렸던 쪽문이 열렸다.

 친동생 위지철의 안내를 받으며 들어서는 이들. 위지람은 시커먼 복장과 복면으로 누군지 알아볼 수 없게 모습을 가린 그들 중 한 사람 앞에 얼른 인사부터 했다.

 "오랜만에 뵙겠습니다, 가주!"

 음모에 가담한 자들 중 '황수'라 부르는 자였고, 단연히 위지람은 복면 속 인물을 알고 있었다.

 "오랜만이로군, 위지 가주!"

 위엄 있는 목소리. 지긋한 나이를 알 수 있었다.

 "불편하실 텐데 복면은 벗으시는 게……."

 "아닐세. 어차피 오래 머물 수 있는 입장이 아니니 그냥 이대로 있겠네. 그런데 나를 이리 부를 만큼 급한 사정이란 게 뭔가?"

 "문제가 발생했기에… 말씀드리려고 뵙자했습니다."

 난처하고 난감한 위지람이었다.

 "문제?"

 "죄송하고 또 면목이 없지만. 얼마 전 저희 세가에 은밀한 자들의 잠입이 있었는데 아무래도 저희 쪽 비밀이 새어 나간 듯해서……."

"……!"

복면인의 신형이 살짝 흔들렸다.

"새어 나가다니? 극월세가에 대한 일이 누출됐단 말인가?"

"그런… 것 같습니다."

"확실하게 말을 하게! 어디에서 어디까지 새어 나갔단 말인가? 혹수나 우리, 다른 가담자들에 대한 것도 누출된 건가?"

"아닙니다. 다른 가담 세력들이 있단 정도만……."

쩔쩔매는 위지람이었다. 왜 아니 그럴까. 입이 열 개라도 할 말이 없는 그였다.

그때 같이 온 또 다른 복면인이 성질을 내며 소릴 질렀다.

"이보시오, 위지 가주! 그게 그 소리 아니오. 도대체 무슨 일을 어떻게 하는 것이오?"

조금은 젊은 목소리였다. 그는 위지람을 갈아 마실 듯이 시퍼런 눈초리로 펄펄 끓었는데 지은 죄가 있는 위지람으로선 찍소리도 할 수 없었다.

"미안하게 되었네. 두 아들 녀석이 주위를 살피지 못한 탓에……."

"됐소! 지금 그걸 변명이라 하시는 게요?"

중년인이 화를 이기지 못하자 노년의 복면인이 그를 자제시켰다.

"진정해라. 이미 벌어진 일이니 어쩔 수 없다. 차후 대책을 생각해야지."

의외로 침착한 복면인.

"에잉!"

중년인이 꼴도 보기 싫단 듯 고개를 돌려 버리자 노년의 복면인이 다시 위지람을 마주했다.

"흑수 쪽에 연락은 했는가?"

"예, 시도는 계속하고 있습니다만 아직 답신이 오질 않고 있습니다."

"흠, 아무래도 저쪽에 집중해 있는 모양이군. 연락이 닿을 때까지 계속 시도해 보시게. 그쪽의 목표가 제거되면 자네 쪽 실수도 수습이 어렵지 않을 테니 그들을 독촉하는 수밖에."

"그러고 있긴 합니다만, 혹시 이번에도 실패한 것이 아닐지……."

"그렇다 해도 달리 뾰쪽한 수가 없잖은가. 우리가 나설 수도 없는 일. 어차피 그들이 해야 할 일이니 계속 다그치는 수밖에 없는 것을."

"솔직히 흑수 쪽의 능력이 너무 의심스럽고 불안합니다. 예정대로 끝장을 내주었다면 저희의 이런 일도 발생하지 않았을 겁니다. 이번에도 들려오는 소문을 보면 아마도 끝을 내는 데까진 이르지 못한 것으로 보이는데, 이런 상황에 언제까지 그들을 믿고 기다려야 하는 것인지… 저희들로선 숨이 막힐 지경입니다."

위지람의 말에 복면 속 노안이 잠시 시퍼렇게 번뜩였다.

가만히 노려보다 고개를 끄덕이는 복면인.

"흠, 자네도 그런 생각이었군. 그래서 아주 신중히 심사숙고 중일세."

"숙고 중이시라면……?"

"음, 아주 어려운 결정일 테지만, 만약 이번에도 편장우가 목적을 달성하지 못하고 실패했다면 다시 한 번 깊이 고려해 볼 참이네."

"그럼 발을 빼겠단 말씀이십니까?"

"크흠! 편씨무가가 극월세가를 뒤엎을 그릇이 못 된다고 판단이 되면 막대한 손해를 감수하고라도 어쩔 수 없이 빠질 수밖에. 꼬리가 길면 밟히는 법. 자네처럼 말일세. 상대는 극월세가야. 이렇게 시간만 끌다간 결국 위기를 맞게 될 거야."

"……."

"편장우를 만나게 되면 이 뜻을 확실히 할 게야. 자네도 명확히 하게. 벌써 문제가 생기지 않았나."

대답을 못 하는 위지람이었다. 그럴 수밖에 없는 것이, 지금까지 인적 물적으로 지원한 것들이 너무나 막대하고 그에 대한 보상을 생각하지 않을 수 없기 때문이다.

위지람의 마음을 안다는 듯이 복면인이 말을 이었다.

"잘 생각해 보게. 또 실패했다면 분명 추가 지원을 요구할 걸세. 이게 몇 번짼가. 편장엽과 그 딸만 없어지면 극월세가의 상속권을 가진 이들이 그들뿐이란 사실 때문에 지금까지 믿고 아낌없는 지원을 해왔었지만, 더는 아닐세. 하나 남은 계집도 처리하지 못하는 무능력한 자를 뭘 보고 믿겠나."

"……."

여전히 위지람이 대답을 못 하고 우물거리자 복면인이 구풍백을 한번 쓸어보곤 바로 등을 돌렸다.

"우린 이만 가보겠네. 그쪽과 연락이 닿으면 좋은 소식이든 나쁜 소식이든 바로 기별해 주게. 기다리겠네."

들어왔던 통로로 가차 없이 나가는 복면인. 그를 따라 같이 왔던 자들이 줄줄이 나가는데도 위지람은 한마디도 못 했다.

머리가 복잡했다. 자금 면에서 자기보다 더 큰 자금을 투입했던 황수 측이 저리 나오니 고민이 되지 않을 수 없었다.

"풍백, 자네 생각은 어때?"

방관자처럼 팔짱을 낀 채 벽에 기대어 있던 구풍백이 무겁게 입을 열었다.

"틀린 말은 아니오. 하지만 그와 입장이 다르지 않겠소. 그는 지금 빠져나가도 걸림돌이 없지만 우린 어쩔 수 없이 같이 헤쳐 나가야 할 처지에 놓이지 않았소."

위지람은 부정할 수 없었다.

"그렇군. 젠장!"

또다시 화를 뱉은 위지람.

그러다가 그는 문득 복면인이 빠져나간 어두운 통로를 날카롭게 쏘아보았다.

장사꾼이기 이전에 무인다운 눈매가 시퍼렇게 번뜩였다.
"그런데 같이 왔던 자들이 보통 아닌 것 같지?"
구풍백이 고개를 끄덕이며 동의했다.
"그렇소. 그들에게 어울리지 않는 고수들이었소."
"무슨 꿍꿍인 게지, 늙은이가?"
경호 차원의 무인들이라기엔 과하다 느껴질 정도의 고수들. 위지람의 머리는 점점 더 복잡하게 얽히고 있었다.

                    *   *   *

꽤 깊어진 밤.
배가 고파진 조비연은 할멈이 잔뜩 꺼내 쌓아놓은 탁자 위 음식들 중 닭다리 하나를 뜯어 들고 창가로 갔다.
오물오물 맛나게도 뜯어먹는 조비연.
그녀가 창밖으로 응시하고 있는 사람은 마당의 차가운 달빛 아래 혼자 술을 마시고 있는 할멈이었다.
소혼천녀 이쌍년이란 이름의 할망구.
"궁상맞게, 춥지도 않나?"
비연이 음식의 기름기로 반질거리는 입술을 삐쭉거렸다. 눈물을 보이며 뛰쳐나간 이후 아직도 저러고 있는 할망구를 하루 종일 지켜본 비연이었다.
"싸부와 그렇고 그랬던 사이라……."

눈을 흘긴 채 보고 있던 비연이 문득 탁자 위 상자로 시선을 돌렸다.

"흠!"

대충 뜯어먹은 닭다리를 아무렇게나 던져 버린 비연이 상자로 다가섰다.

괜찮은 칼이었다. 아니, 솔직히 탐이 날 정도로 멋진 칼이었다.

"이걸 나보고 쓰라고?"

눈을 초롱거리며 들여다보던 비연이 슬그머니 칼을 집어 칼집을 벗겨보았다.

딸칵! 스르릉―

무척 부드럽게 벗겨지는 도갑.

도신 역시 시커먼 먹빛이었고, 꽤나 묵직했다.

"멋진데. 그런데 나보다 궁외수 그 자식에게 더 어울릴지도 모르겠어."

자기도 모르게 궁외수를 먼저 생각해 버린 비연이 다시 한 번 입을 샐쭉거렸다.

"쳇!"

비연은 칼을 들고 나름 가볍게 휘둘러보다 도신에 작은 글자가 음각되어 있는 것을 발견했다.

철혈도(鐵血刀).

"이름인 모양이군. 그것도 맘에 드네."

한참을 가지고 놀다 문득 움직임을 멈춘 비연이 무슨 생각에선지 칼을 들고 마당으로 나갔다.

건들건들 칼을 어깨에 걸치고 할멈 맞은편에 서서 얼쩡거리는 비연.

"이봐, 할멈!"

부르는 데도 반응 없이 술잔에 술만 채워 마시는 할멈이었다.

"거, 사람 잡아다놓고 너무하는 거 아냐?"

거듭된 비연의 자극에 쳐다보지도 않고 대꾸만 했다.

"칼은 왜 들고 나왔느냐?"

차분하게 내려깔린 나직한 목소리.

"나 가지라며!"

"칼을 배울 테냐?"

"뭐 굳이 가르쳐 주겠다면 한번……."

비연의 대꾸에 그제야 고개를 들고 노려보는 할멈.

"망할 년!"

비연의 인상이 일그러졌다.

"뭐야, 그런 식으로 나오면 안 배우는 수도 있어!"

짐짓 쌍심지를 치켜세우며 협박을 하는 비연이었다.

"그런데 왜 나에게 칼을 가르치려고 해? 혹시 사부 때문에 그동안 날 찾아다녔어?"

비연이 슬그머니 마주앉으며 눈치를 살폈다.

"그래, 네년의 이름을 통해 월령비도가 알려졌을 때 그가 죽었단 것을 알았다."

"……."

비연은 슬픔이 스치는 이쌍년의 얼굴을 확인했다.

"흠, 사부와 그렇고 그런 사이였다면 적어도 백에 다다른 세수일 텐데, 아직도 감정이 남아 있단 말이야? 사부가 그렇게 좋았어?"

"……."

"홍, 그런데 그런 몸매라면 차일 만하기도 했네. 사부는 호리호리 얼마나 멋있었는데. 혹시 젊을 땐 날씬했었나? 사부에게 차이고 나자 폭식, 뭐 그런 거?"

이쌍년의 눈이 날카롭게 째렸다.

"네년은 왜 말라깽이가 된 것이냐? 나 못지않게 뚱뚱한 년이라고 들었는데."

"뺐어!"

자랑스럽게 어깨를 우쭐거려 보이는 비연.

"왜? 시집 가보려고?"

"아냐! 그냥 숨쉬기 불편해서 뺐어!"

"구암의 월령비도를 주었다는 그놈 때문이냐?"

"아니라니까!"

발끈하는 비연.

"누구냐, 그놈이?"

"그건 왜 자꾸 물어? 알아서 뭐하게?"
"비도를 찾아야 할 것 아니냐."
"원래 주인에게 돌려준 것이라고 했잖아."
"미친년, 원래 주인이 구암 말고 누가 있어? 되찾아!"
"됐어! 다시 볼 수 없는 사람이야!"
"……."
지지 않고 악을 쓰는 비연을 보며 이쌍년의 눈초리가 휘어졌다.
"그런 것 묻지 말고, 소혼천녀, 그 이름에 대해서 말해봐. 솔직히 난 전혀 들어보지 못한 이름이야. 사부와는 어떤 인연으로 시작한 거야?"
"그게 궁금하냐?"
"당연하지. 사부와 아는 사람을 만난 것도 처음이고, 내게 무공을 가르치겠다는 사람이 어떤 사람인지는 알아야 하잖아."
"한동네에 살았었다."
"그래서?"
"같이 무공을 했었고, 어느 날 갑자기 네 사부가 떠났다. 공동파에 들어가 무공을 익히겠다면서."
"흠, 할멈이 우리 사부보다 더 강했던 것이로군. 그러니 그런 결정을 내렸겠지."
예리한 비연.

사실이었다. 평범하기만 했던 구암에 비해 이쌍년의 무위와 재주가 언제나 한 수 위였다. 그런데 하필이면 그것이 모자랄 것이 없던 선남선녀 두 사람을 갈라놓게 된 계기가 되고 말았다.

 당시 구암보다 다섯 살이나 많았던 이쌍년은 무위뿐 아니라 만인이 흠모해 마지않는 아주 빼어난 미모까지 갖춘 여인이었다.

 다소 소심했던 구암. 그런 그녀에 비해 빠지지 않는 사내가 되기 위해 선택한 길이 명문대파인 공동파 입문이었고, 말리는 이쌍년의 손도 뿌리치고 결국 공동산으로 들어가고 말았다.

 그 후 이쌍년은 자책했다. 구암 앞에서 자신을 너무 뽐냈었던 것을.

 그래서 스스로 망가뜨렸다. 누구도 쳐다보지 않게끔 외모에 신경 쓰지 않았고, 칼도 한동안 놓았으며, 폭식을 했다.

 흐트러지는 건 순식간이었다. 금세 몸은 뚱뚱해졌고, 행색 또한 말이 아니었다.

 그렇게 구암을 기다린 지 수년.

 하지만 구암은 돌아오지 않았다. 아니, 정확하게는 돌아오지 못한 것이었다.

 파문.

 자신의 변변치 못한 재주를 알고 있었던 데다 늦은 나이에

입문해 공동파의 가르침을 따라가지 못했던 구암은 어쩔 수 없이 자신이 처음부터 배웠고 잘할 수 있는 비도술에 매달렸고, 그것이 공동파의 눈 밖에 나면서 결국 파문이란 엄청난 결과를 받아들게 된 것이다.

크나큰 상처를 안게 된 구암은 더더욱 그녀 앞에 나설 수 없었고, 혼자 비도를 수련하며 정처 없이 각지를 떠돌았다.

그게 끝이었다. 이쌍년은 끝내 구암을 찾지 못했고, 항상 한발 늦게 그가 흘린 소문만을 들을 뿐이었다.

그가 한곳에 머물지 않았던 이유도 있었지만 일부러 구암이 그녀를 피한 탓도 있었기 때문이다.

한이 되어버린 연정.

그녀는 점점 망가져 갔고, 화 때문에 한때 무림에 광폭한 행보를 이어가기도 한 그녀였다.

쭈욱.

다시 술을 들이키는 할멈.

비연은 몹시도 아프게 술을 넘기는 그녀를 보며 다시 질문을 이었다.

"왜 내게 칼을 가르치려는 것인지 그거나 얘기해 줘. 내 재주는 사부를 닮아 거론할 필요 없고, 혹시 할멈 수명이 오늘 내일하는 거야?"

"……."

눈을 감은 채 대꾸하지 않고 술잔만 기울이는 이쌍년.
"어라, 진짜인 모양이네? 정말 그래서 내게 칼을 가르치려는 거야? 전인을 남기기 위해서?"
"시끄럽고, 구암의 묘는 어디 있느냐?"
"사부 묘? 여기서 멀어. 낙양 인근이야. 왜? 가보려고?"
"지랄 말고 들어가서 꺼내놓은 음식들이나 다 처먹어! 너는 내일부터 나와 수련을 시작한다."
"얼마나, 언제까지?"
"네년이 지쳐서 죽을 때까지!"
"……"
째려보는 비연.
"흥, 겁주고 있네. 그런다고 내가 겁먹을 것 같아?"
"겁주는 것인지 아닌지 그건 당장 내일이 되어보면 안다. 네년 주둥이로 배우겠다고 한 이상 그만하겠다, 살려 달라 빌어도 소용없다. 왜냐면, 네년 말대로 내게 시간이 없기 때문이다."
"……?"
매서운 눈매로 노려보는 이쌍년.
비로소 비연은 장난이 아니란 것을 느끼고 자신이 메고 나온 칼을 조금은 두려운 눈으로 내려다보았다.

*　　　*　　　*

아침까지 외수는 잠을 이루지 못했다. 의자 끄트머리에 걸터앉은 자세로 밤새 많은 생각을 거듭한 그였다.

혼자 처음으로 나서는 무림행도. 지금까진 극월세가에 국한된 처신을 해왔었다면 이젠 목적을 가지고 그 목적을 이루기 위해 나서는 무림행인 것이다.

내로라하는 무림의 거물들을 만나야 하고 그들의 도움을 끌어내 극월세가의 문제를 해결해 볼 요량이었다.

그 과정에서 일이 틀어질 수도 있고 경험이 없이 생각지도 못한 사건에 휘말릴 수도 있는 일.

외수는 끼고 있던 검을 물끄러미 내려다보았다. 그러다가 잠시 후 외수는 피식 쓴웃음을 짓고 일어났다.

이렇게 고민하고 있는 자신이 우습단 생각에 이르렀기 때문이다.

자기답지 않았고 낯설었다.

외수는 즉시 방을 벗어났다. 그리고 반야의 방을 벌컥 열었다.

"반야! 응?"

기분 전환을 위한 엉큼한(?) 노력이었지만 헛수고였다.

텅 빈 방. 그녀는 방에 없었다.

"어디 갔지? 출발해야 하는데?"

바깥으로 향하는 외수. 그제야 외수는 반야가 방에 없었던 이유를 알았다.

　장관이었다.

　장관? 아니, 가관이라 할 수 있었다.

　여자들이 바글대는 마당.

　외수는 깜짝 놀랐다. 자기 주위에 이렇게 여자들이 많았던가 새삼 자각한 순간이었다.

　시녀들을 거느린 편가연, 그리고 시시, 반야… 거기다 북해빙궁의 하얀(?) 여인들까지 모두 집결해 있었다.

　떠난다고 미리 말을 했었기에 준비들을 하고 있었던 것인 듯했다. 그러고 보니 오히려 자신이 쓸데없는 상념에 잠혀 있느라 뭉그적댄 셈이었다.

　표정을 예쁘게 짓고 있는 사람이 없었다. 빙궁의 여인들이야 원래 무표정한 사람들이니 그러려니 하지만 나머지도 우울해 보일 만큼 축 처져 있었다.

　송일비, 온조, 설순평을 비롯한 내원종사자들까지.

　"분위기가 왜 이렇지? 내가 뭘 잘못했나?"

　외수는 계단을 내려가 빙궁의 빙차가 있는 곳으로 갔다. 그리곤 보이지도 않는 항아를 향해 말을 던졌다.

　"이봐, 정말 괜찮겠어? 이렇게 노출되어도?"

　"우리 걱정은 말아요. 알아서 움직일 테니까."

　빙차 속 항아의 대꾸.

　외수는 씨익 웃고 반야 앞으로 이동했다.

"뭐야, 이걸 타고 가겠단 거야?"

당나귀 짝귀의 고삐를 쥐고 서 있는 반야였다.

"제 눈인걸요."

쓴웃음을 짓는 반야. 무림맹으로 가기 전 보성염가에 먼저 들러 가담 여부를 확인해야 했기에 표정이 무거울 수밖에 없는 그녀였다.

그때 송일비가 고함을 질렀다.

"야, 궁외수!"

식식대고 있는 송일비였다. 시시를 편가연이 따라가게 했다는 것을 모르는 그이기에 한동안 그녀를 볼 수 없단 사실에 흥분한 것이었다.

"시시 소저는 왜 데려가는 거야? 다른 시녀들도 많잖아!"

시시를 돌아보는 외수. 얼굴을 붉힌 채 눈길을 피하는 그녀였다.

외수는 다시 송일비를 보고 짧게 한마디를 던졌다.

"팔팔하군. 세가를 부탁한다."

"시끄러! 다 집어치우고 만약 시시 소저에게 무슨 일 생기면 너부터 내 손에 죽을 줄 알아! 갔다 올 때까지 손톱만큼이라도 다치는 날엔 너 죽고 나 죽는 거야, 알았어?"

외수는 잔잔한 웃음만 머금었다. 저렇게 당당히 말할 수 있는 송일비가 부럽기도 해서였다.

"잘 다녀오십시오."

설순평과 편가연이 다가섰다.

"기다리겠어요. 꼭 돌아와 주세요."

애타는 모습의 편가연. 일을 잘 해결하고 오란 것 따위 의미가 아니란 것을 외수는 잘 알고 있었다.

천천히 마주했던 눈을 거두고 두 필의 말을 데리고 있는 시시에게로 움직이는 외수. 편가연의 눈에 눈물이 맺혀 떨어지는 걸 그는 보지 못했다.

"자, 반야. 태워줄게."

시시에게로 가기 전 외수가 반야를 번쩍 들어 짝귀 등에 올려 앉혔다.

"괜찮겠어? 잘 따라올 수 있을까?"

"걱정 마세요. 말보다 낫다고 했어요."

"그래, 믿어보지."

짝귀의 엉덩이를 가볍게 툭 친 외수가 주저 않고 시시에게로 가 말에 올랐다.

평소 타던 백설이 아닌 까만 흑마였다.

어쩔 수 없이 백설의 등에 올라앉는 시시.

"이랴!"

외수가 주저 없이 말 머릴 돌려 나아가자 반야의 짝귀가 따라 움직였고, 온조를 비롯해 모여 있던 위사들이 좌우로 비켜서며 일제히 인사를 했다.

하지만 시시는 쉽게 따라 움직이지 못했다. 편가연의 눈물이 가슴을 아프게 하는 탓이었다.

　하지만 어쩔 수 없이 그녀도 쫓아 움직였고, 항아의 빙차와 빙녀들도 한참 후 뒤를 따라 움직였다.

*　　*　　*

　극월세가의 편가연이 행사장에서 살수들로부터 피습당했단 소문은 급속도로 퍼져 세상을 들끓게 했다.

　그런데 뜻밖에도 거기에 더해져 그녀의 정혼자인 궁외수가 무림맹으로 간다는 소식도 빠르게 확산되고 있었다.

　"이봐, 그거 들었어? 극월세가 궁외수 공자가 무림맹으로 향하고 있다던데?"

　"어허 이 사람, 벌써 알고 있네. 편장엽 가주를 죽이고 그동안 극월세가를 위협했던 무리들을 비로소 알아냈다고 하더군. 그것 땜에 전국이 난리 아닌가. 궁 공자를 보기 위해, 또 그를 응원하기 위해 너도나도 낙양으로 몰려가는 중이라더군."

　노점에 앉은 자들끼리 주고받는 대화였다.

　"나쁜 놈들, 드디어 천벌을 받겠군. 그런데 대체 어떤 놈들이라던가, 그 흉악한 놈들이?"

　"글쎄, 아직 그것까진 들은 바 없네. 그게 궁금해서 다들 낙양의 무림맹으로 몰려가는 것 아니겠나. 아마 누구였든 간에 범행을 저지른 자들은 완전히 박살 날 거야. 극월세가를 건들다니. 황궁의 황제라도 그 원성을 견디지 못할 걸세."

"젠장, 나도 가보고 싶군. 어떤 자들이 그런 짓을 저질렀는지 가서 침이라도 뱉어주고 돌이라도 던져 주고 싶어."

한자리에 마주 앉은 두 사람이 서로 분개했다.

그때 옆자리에 앉았던 이가 슬그머니 대화에 끼어들었다.

"이보게들, 그 흉수에 십대부호 가문도 끼어 있다는 것 같던데, 듣지 못했나?"

"……?"

놀란 눈을 하고 돌아보는 두 사람.

"저, 정말이오?"

"그렇다더군. 나는 그리 들었다네."

옆자리에 젊은 여인이 낀 일행과 식사를 하던 세 사람 중 초로에 접어든 중년인이었다.

"그럴 수가? 같은 상가가 극월세가를 노렸단 말이오?"

"들은 바는 그러네."

"이런 망할! 어디랍디까, 그 더러운 가문이?"

"모르지. 한데 하나뿐이겠나. 극월세가를 노릴 정도면 여러 세력이 가담했을 테고, 살수조직뿐 아니라 다른 세력들도 끼어 있을 테지."

"……?"

애초에 대화를 시작한 두 사내의 입이 쫙 벌어졌다.

"그, 그렇겠구려. 크, 큰 싸움이 되겠구려."

"왜 아니겠나. 하지만 극월세가가 놈들을 모두 응징하고 이겨내길 바라야지."

"당연한 말씀. 극월세가는 이겨낼 것이오. 반드시!"

두 사내는 마치 자기 일처럼 두 주먹을 불끈 쥐어 보였다.

"허허, 그래야지. 그럼 드시고들 오시게. 우린 먼저 가봐야겠군."

초로의 인물이 슬그머니 일어나자 두 명의 일행도 같이 일어서 자리를 떴다.

처음 대화를 이어가던 두 사내가 충격 탓인지 떠나는 그들을 멍하니 쳐다만 보고 있었다.

"도대체 그 친구가 무슨 생각인지 알 수 없군. 이런 정보들을 흘려서 좋을 게 없을 텐데 말이야."

노점의 두 사내에게 새로운 정보를 알려준 교적산이 고뇌하듯 혼자 중얼거렸다. 그로선 이해할 수 없는 명이었기 때문이다. 이렇게 정보를 흘려버리면 적이 대응할 준비를 갖출 것은 뻔한데 어째서 이리 하라 시킨 것인지.

나란히 걷는 곽영지가 같이 고개를 갸웃대며 말했다.

"일단 하달받은 대로 할 수밖에요. 뜻이 있겠죠. 적을 자극해 끌어내기 위한 수단이라거나."

그때 소혼사 비령이 곽영지의 말을 받았다.

"영지의 말이 맞다. 타초경사(打草驚蛇)! 아직 드러나지 않은 남은 적들까지 모조리 끌어내겠단 수작이야."
 "이형, 그렇다 해도 너무 위험한 작전 아니니까. 얼마나 많은 적들이 공조하고 있는지도 모르는데 그들을 대비케 하고 스스로를 노출시킨다는 건 좀 많이 위험해 보입니다."
 "자신이 있단 뜻이겠지. 요즘 그 친구를 세상이 '절대호위'라고 부른다지?"
 "예, 그런다더군요. 피를 뿌리는 위사라고 '혈우사(血雨士)'라고도 한답니다."
 "그렇게 불릴 만해."
 소혼사 비령은 객잔에서 삼십 명이 넘는 암습자를 혼자 상대해 모조리 도륙해 버리던 궁외수를 떠올렸다.
 가차 없고 혹독했던 모습. 잔인하지만 당당하고 주저함이라곤 없는 그의 모습에서 무슨 일이 앞에 놓이건 다 헤쳐 나갈 것 같은 인상을 받았었다.
 "어쨌든 우린 그 친구의 말을 따라야 한다."
 "예, 당연히. 덕분에 비영문주와 독곡의 살괴들도 베어버릴 수 있었고, 우리 귀살문이 회생할 기회까지 얻었으니 말이죠."
 "그래, 넉넉한 청부금까지. 비록 셋째를 잃은 게 한이지만……."
 셋째는 위지세가에서 비살 교적산을 대신해 죽은 무적풍

위호를 말하는 것이었다.

　위지세가에 남아 위호의 생사를 확인하던 소혼사 비령이 돌아와 그의 죽음을 알렸고, 그것이 현재 세 사람이 침울하게 가라앉아 있는 이유였다.

　하지만 궁외수로부터 받은 임무는 수행해야 했다.

　극월세가를 위협한 적이 드러났다는 소문과 궁외수가 그것 때문에 무림맹으로 가고 있단 사실을 퍼트리는 이들이 바로 그들 세 사람이었다.

*　　*　　*

　또각또각.

　느릿하게 걷는 말발굽 소리.

　무서운 속도로 퍼지고 있는 소문과 달리 외수는 서두르지 않았다. 마치 적에게 충분히 튀어나올 시간을 주겠다는 듯 태평스러운 모습이었다.

　"흠……."

　말 위에 앉은 채 뒤를 돌아보는 외수. 아무리 살펴도 북해빙궁 항아의 빙차는 보이지 않았다. 알아서 뒤따른다고 했으니 분명히 어딘가에서 따라오고 있을 테지만 좀처럼 그들의 모습을 볼 수가 없었다.

　어두워지는 날빛. 외수는 자기 옆에 나란히 짝귀를 몰아가는 반야를 내려다보았다. 그녀가 짝귀를 몰아가는 게 아니라 그저 등에 얹혀가는 것이었지만 어쨌든 그녀는 잘 따라 움직여주고 있었다.

"반야."

"……?"

슬그머니 고개를 드는 반야.

"날이 저무는데 산중이야."

"노숙을 해야 된다는 뜻이로군요."

"맞아. 괜찮겠어?"

끄덕.

"네, 전에도……."

말을 하다 말고 고개를 푹 떨어뜨리는 반야였다. 외수의 품에 안겨 밤을 새웠던 기억이 떠올라 부끄러운 탓이다.

빨리 찾아드는 산중의 어둠.

"시시?"

외수가 처음으로 뒤따르는 시시를 돌아보았다.

"네, 공자님."

"어쩔 수가 없군. 여기서 노숙 준비를 해야겠어."

"알겠습니다."

밝은 표정일 수 없는 시시가 얼른 말에서 내려 반야에게로 가 짝귀의 고삐를 쥐고 노숙할 만한 장소로 이끌었다.

"반야 아가씨, 잡아드릴게요. 여기서 내리세요."

외수도 말에서 내려 주위를 둘러보았다.
제법 숲이 우거진 골짜기.
"서둘러야겠군. 밤엔 무척 춥겠어."
물론 내력을 가진 외수야 추위 따위가 문제될 리 없었으나 시시와 반야가 걱정이었다.
주위를 둘러보던 외수는 마침 멀지 않은 곳에 굵은 나무들이 쓰러진 것을 발견했다. 벼락을 맞았거나 거센 바람에 쓰러진 나무들. 옅은 미소를 띤 외수는 주저하지 않고 나무들이 있는 곳으로 갔다. 그리고 발검과 함께 나무를 베어갔다.
쉬익―!
일검에 잘려 둘로 나눠지는 나무둥치.
외수는 그렇게 몇 번을 더 휘둘러 쓰러진 나무들을 크게 토막 낸 뒤 그것들을 어깨에 짊어지고 노숙할 자리로 옮겼다.
"이 정도면 되겠군."
외수는 자신이 옮겨 쌓은 나무들을 보며 만족했다. 아직 추위가 남아 있는 계절이지만 그 정도면 두세 군데 모닥불을 일구어놓아도 밤새 쓰고도 남을 듯했다.
외수는 작은 바위에 걸터앉아서 다시 검을 뽑아 도끼처럼 사용하기 시작했다. 적당히 불꽃이 타오르도록 하려면 장작처럼 쪼개 놓아야 했기 때문이다.
퍽! 퍽! 퍽!
한 번의 손짓에 어김없이 쩍쩍 갈라지는 나무토막들. 아주 익숙하고 간단한 일이란 듯 외수는 순식간에 한 무더기 장작을 산처럼 쌓아놓았다.

외수가 그러고 있는 사이, 시시가 반야의 손을 잡고 같이 숲속으로 슬그머니 사라지더니 잠시 후 돌아와 아무 일도 없었다는 듯 잠을 잘 자리들을 깔고 요깃거리들을 챙기며 부산스럽게 움직였다.

"아가씨, 이쪽으로 앉으세요."

외수가 모닥불을 지피자 즉시 불 옆으로 반야를 이끄는 시시.

"이것부터 드세요."

여러 겹의 댓잎으로 싼 음식을 시시가 먼저 조심스럽게 벗겨 건넸다.

양념을 발라 구운 고깃점들. 거기에 잘 볶아 뭉친 주먹밥까지 쥐어주는 시시였다.

그런 다음 시시의 손이 더듬거렸다. 외수 차례였기 때문이다.

"드세요… 공자님."

"……"

눈도 마주치지 못하고 마지못해 음식을 건네는 시시를 보며 외수는 그저 말없이 받아 들기만 했다.

그녀의 마음을 어찌 모를까. 송일비 때문에, 편가연 때문에……

그런 면에 있어선 한없이 여리기만 한 그녀. 평생 자기 것을 원하고 가질 줄도 모르는 천생의 노비라고만 생각하는 여자. 바보 같은 시시였다.

어둠이 완전히 덮이고 두 여자의 볼이 불빛에 상기되어 발갛게 타오르고 있을 때 외수가 일어났다.
"어디를……?"
반야가 따라 고개를 들었다.
"잠시 저쪽에 있을게."
걸어가는 외수를 보며 그런 모습에 익숙한 시시가 반야에게 설명했다.
"수련을 하시려나 봐요."
외수를 응시(?)하며 가만히 고개를 끄덕이는 반야.
두 손에 쥔 음식. 반야는 배가 부르단 듯 먹다 남은 것을 쪼그리고 앉은 발 앞에 가만히 내려놓으며 시시에게 물었다.
"혹시… 술 있나요?"
"……?"
당황스러운 시시.
"술… 이요?"
반야가 입술을 길게 찢으며 웃었다.
"네. 한잔하고 싶어요."
마치 술이 있는 걸 안다는 듯한 미소.

"공자님 때문에… 준비하긴 했는데……."

"같이 마셔요. 조금만."

반야의 말에 난감한 기색을 보이던 시시도 결국 같이 미소를 지었다. 나쁘지 않을 것 같아서였다. 아니, 오히려 술이 지금 심정에 큰 위안이 될 것 같았다.

외수가 보이지 않는 것을 확인한 시시가 입술을 반질거리며 일어섰다. 그리곤 얼른 백설에게로 달려가 짐 꾸러미 속에서 잘 밀봉된 술병 하나를 끄집어냈다.

"이거 사천 백주(白酒)예요. 아주 독한데 괜찮겠어요?"

시시가 걱정스럽게 묻자 반야가 문제없단 듯 더욱 길게 입술을 찢었다.

우울했던 탓이다. 고모할머니인 염설희가 극월세가 음모에 연루되어 있지 않을까 하는 불안감과 두려움. 그 때문에 보성으로 향하는 이 길이 한 걸음 한 걸음 숨이 막히는 느낌의 그녀였던 까닭이다.

뽕!

시시가 술병의 마개를 열자 반야가 바로 잔을 챙겨 들었다.

"히히히."

"호호."

술병을 사이에 두고 마주 웃는 두 여자. 서로 머리를 맞대고 범죄모의를 하는 것처럼 은밀하고 음흉(?)스러웠다.

쪼르르, 쪼륵.

잔에 술이 채워지자 조심조심 입으로 가져가는 반야. 시시가 경고를 했다.

"정말 독하니까 천천히 마시기예요?"

말은 그렇게 했지만 정작 본인의 마음은 그렇지 않았다. 아예 입에 대고 마구 쏟아버리고 싶은 심정.

쪼오옥.

작고 예쁜 두 입술이 달콤한 소리를 내며 술을 빨아들였다.

"으그극?"

"햐아!"

동시에 튀어나오는 두 여자의 탄성. 입 안에 불이 붙은 것 같았기 때문이다. 목구멍까지 태워 버리는 것 같은 뜨거움. 그 짜릿함에 서로를 마주본 시시와 반야는 누가 먼저랄 것도 없이 다시 잔을 내밀고 다시 채웠다.

"크아!"

어김없이 이어지는 탄성.

말로 표현할 수 없었다. 술이 원래 이런 것인가 새삼 깨닫는 순간이었다. 속이 뻥 뚫리고 머릿속 답답함이 한꺼번에 깨끗이 날아가 버린 기분.

말도 못하고 입만 커다랗게 벌린 채 함박웃음을 지은 시시와 반야는 그때부터 주거니 받거니 술이 주는 마법에 홀랑 빠져들고 말았다.

"어머, 벌써 다 먹어버렸네? 한 병 더 하실래요?"

제법 얼굴이 발갛게 달아오른 시시가 먼저 술병을 흔들어 보이며 물었다.
반야가 반대할 리 없었다.
"또 있나요? 좋아요!"
"호호, 반야 아가씨 술꾼이셨구나."
"시시 소저도 만만찮은데요, 뭘. 호호호호!"
낄낄, 키득키득.
두 여자의 웃음소리를 외수가 듣지 못했을 리 없다.
"뭐야, 뭘 하기에 갑자기 웃음이지? 곧 죽을 사람들처럼 울상만 하고 있던 사람들이?"
조금 떨어진 아래쪽 바위에 걸터앉은 외수가 운기행공 중에 슬그머니 고갤 들어 쳐다보았다.
"풋!"
웃음을 흘리는 외수. 아무리 바람 부는 대로 휩쓸리는 갈대같이 오락가락한다는 게 여자의 기분이라지만 쉽게 이해가 되지 않는 부분이었다.
외수는 두 여자로 인해 잠시 흐트러졌던 운기행공에 다시 집중했다.
요즘 그는 자신이 가진 극악한 선천지기, 즉 영마의 기운을 틈만 나면 이겨보려 기를 쓰고 있는 중이었다.
아무리 하늘이 씌운 기운이라지만, 자기 몸, 자기의 것을 본인이 못 다스린다는 건 인정할 수 없었다.

낭왕의 일원무극신공을 지닌 데다 지금은 그 다른 운용법까지 깨달아가고 있는 시점이라 더욱 용납이 되지 않았다.

"으음……."

외수는 반드시 길이 있을 것이라 믿었다. 이대로 영마기에 지배당하는 건 억울하기만 했다.

당최 두려움 따위를 모르는 외수.

불가능 따위를 아예 안중에 두지 않는 외수.

그러한 것들이 선천적으로 타고난 영마지기 때문인 것을 외수는 한 번도 의식해 보지 못했다.

한데, 또 하나 인지하지 못하는 것이 있었다. 무공을 배워본 적도 없던 그가 어떤 무공이든 보는 즉시 빠르게 이해하고 그것을 수련할 때마다 엄청난 상승을 가져오는 것이 무엇 때문인지.

물론 영마인 이유이기도 했지만, 그것보다 하늘이 영마라는 끔찍한 형벌에 반해 천골지체라는 어마어마한 재능 또한 같이 안겼기 때문이었다.

천골지체 중에서도 '천품'이라 일컬어지는 극상의 신체.

천골들이 일 갑자 이상 연공을 쌓아도 타통되어 열릴까 말까 한 생사현관이 아예 처음부터 열려 있고, 또한 어떠한 경우에도 막히지 않는 천혜의 신체.

그런 것들 때문에 외수는 스스로 인지조차 못한 채 어떤 일이든 달려들고 보는 것이었고, 무림삼성은 물론 궁뇌천조차 불가능하다고 하는 영마의 기운도 극복하겠다고 매달리는 중이었다.

"호호호."
"어머, 어머?"
발그레한 볼, 게슴츠레 풀린 눈. 독주에 취한 두 여자의 상태였다.
"정말이세요? 아가씨께도 정말 그, 그것을 사주셨단 말이에요?"
"네. 그것도 형형색색 모양별로 여러 장을."
"그, 그럼 지금도 입고 계세요?"
"당연히."
"어머나?"
"뭘 그러세요. 시시 소저도 입고 있으면서."
"……."
무안하고 민망해진 시시가 눈 둘 곳을 찾지 못해 괜한 빈 술잔만 쪽쪽 빨아댔다.
"호호, 시시 소저. 고마워요. 덕분에 답답하고 우울하던 기분을 한 방에 날릴 수 있었어요."
"아니에요, 반야 아가씨. 오히려 제가 아가씨 덕분에 이렇게……."
"많이 답답했죠?"

"네?"

"호호, 숨기려 하지 말아요. 다 알고 있어요. 공자님 때문에 아파한다는 거."

"……."

한창 밝았던 시시의 표정이 갈피를 못 잡고 어두워지더니 결국 슬그머니 고개를 떨어뜨렸다.

하지만 반야의 말은 이어졌다.

"어쩜 그렇게 바보 같아요? 송 공자님을 위해 최선을 다한 것 알아요. 그렇지만 굳이 궁 공자를 피할 이유는 없잖아요."

"아가씨, 저는 노……."

"그만! 자신이 노비이고 주인 아가씨 때문에 그럴 수 없단 소린 꺼내지도 말아요."

"……?"

"공자님이 누구의 전유물이 아니듯 시시 소저도 누군가의 소유물일 수 없어요. 노비라고 해서 감정까지 묶이는 건 아니에요. 누구도 강제할 수 없어요. 그런데 시시 소저는 바보 같이 매일 되뇌고 있죠? 궁 공자님은 주인이신 편가연 아가씨의 정혼자이니까 안 된다, 안 된다, 안 된다고 하며?"

"아가씨……?"

결국 시시가 울상을 했다. 이런 이야기 자체가 죄스럽단 듯.

그러나 반야는 못을 박듯 말했다.

"자신감을 가져요. 평생 노비로만 살아온 탓이에요. 누군가 자신을 좋아해 주면 거기에 충실하면 되는 거예요. 선택은 궁 공자님이 하는 것이지 편가연 가주가 하는 게 아니에요. 만약 궁 공자께서 편 가주를 떠나면 시시 소저는 그대로 궁 공자를 떠나보낼 건가요?"

"……?"

백짓장처럼 얼굴이 하얗게 질려버린 시시. 대답을 할 수가 없었다.

반야가 낮고 차분히 말을 이었다.

"아니잖아요. 저는 시시 소저를 향한 공자님의 마음을 느낄 수 있어요. 지금도 그가 무얼 하고 있는지 알 수 있거든요. 공자님껜 오로지… 시시 소저뿐이에요."

"아가씨?"

기겁을 하는 시시.

하지만 반야는 아랑곳하지 않았다.

"저나 편 가주를 대할 때의 기운과 시시 소저를 대할 때의 기운이 달라요. 부럽게도 그가 연정의 기운을 갖고 대하는 이는 시시 소저가 유일해요."

"……."

말을 할 수가 없는 시시.

"한데 시시 소저가 자꾸만 주인 때문에 피하려 하면 그가 힘들어질 거예요. 부디 편 가주를 의식하지 말아요."

"……."

시시는 대꾸를 못 했고 반야도 더 이상 말을 잇지 않았다.

불빛 속에 일렁이는 두 여자의 얼굴. 시시는 자연히 외수가 있는 쪽으로 고개를 돌렸고 반야는 마음으로 응시했다.

츠츠츠츠츠……

운기행공에 들어간 외수는 필사적이었다. 하지만 자신이 가진 선천지기의 실체조차 확인할 수 없었다.

아무리 무극진력을 전신으로 휘돌려 보아도 도대체 무엇인지 감지가 되지 않았다.

'젠장!'

외수는 운기행공을 멈추고 모으고 있던 손을 풀었다. 기력만 소모하는 꼴이었다.

일원무극공처럼 뚜렷이 자리 잡고 있는 내력이라면 어떻게든 억누르거나 제거할 방법을 찾아보겠지만 영마지기라는 건 포착할 수가 없었다.

"으음, 선천지기라는 건 일반 내력과 다른 것이었군. 어쩐다?"

처음으로 선기인 영마지기가 내력처럼 모아서 운용하거나 발산할 수 있는 게 아니란 것을 깨달은 외수였다.

"정말 불가능한 건가?"

자신의 손을 내려다보며 낙심하는 외수. 하지만 이내 스스로 고개를 저었다.

"아냐. 무림삼성 늙은이들이 항마심공(降魔心功)이란 것도 있다고 했으니까 당장 갈피를 잡지 못해도 분명 극복할 수 있는 무언가의 방법이 있을 거야."

다시 매달려 보려는 외수. 하지만 문득 시시와 반야의 웃음소리가 그친 걸 깨닫고 슬그머니 고개를 들었다.

"……?"

아까완 달리 너무 조용했다. 그러고 보니 시간이 꽤 깊었다.

어쩔 수 없이 두 여자를 확인하기 위해 검을 챙겨 들고 위쪽으로 향하는 외수.

불꽃 속에 물끄러미 시선을 고정하고 앉은 시시와 얇은 천을 두르고 작은 나무에 기대어 잠이 든 반야가 보였다.

스슥.

외수가 모닥불 앞에 발을 디뎠을 때 시시가 그를 인지하고 깜짝 놀라며 고개를 들었다.

얼른 술병과 술잔을 뒤로 감추는 시시.

그 모습에 외수가 모른 척 씩 웃고 반야부터 확인했다.

그러잖아도 몸이 약한 반야. 외수는 그대로 둘 수 없었는지 바로 옆에 퍼질러 앉아 그녀를 한쪽 팔로 껴안았다. 그리고 따스한 진기를 흘려 그녀를 감싸주었다.

어깨에 기댄 채 더욱 깊게 잠이 든 반야.

그제야 외수는 다시 시시에게 눈을 주었다.
"남았으면 한잔 줘봐."
"……?"
생각지도 못한 말에 어쩔 줄 모르고 뭉그적대는 시시.
하지만 외수가 쳐다보고 있는 걸 힐끔 확인하곤 어쩔 수 없이 술잔과 술병을 가지고 가만히 일어나 앞으로 다가갔다.
말없이 술잔을 내미는 시시. 외수도 말없이 술잔만 받았다.
쪼르르르…….
술을 따르는 시시의 손이 떨렸다. 반야가 했던 말들이 생각났기 때문이다.

― 자신감을 가져요. 궁 공자님껜 오로지 시시 소저뿐이에요.

"내가 무서워?"
외수의 말에 흠칫 눈을 들어 마주보는 시시. 그 바람에 술잔에 술이 넘치고 있는 것도 몰랐다.
"아앗, 죄송해요."
시시가 얼른 술병을 거두었지만 이미 외수의 손은 흠뻑 젖은 후였다.
두 무릎을 꿇고 허둥대는 시시. 그러나 외수는 아무렇지 않다는 듯 묵묵히 술잔을 입으로 가져가 마실 뿐이었다.

그런데.

"큽!"

독한 술맛에 인상을 찌푸리는 외수.

"뭐야, 둘이 마시고 죽으려고 했어?"

"……"

바닥에 뒹구는 빈 술병.

"이 여자들이?"

외수가 반야를 확인하고 다시 시시를 보았다. 이제야 두 여자가 웃고 떠들던 게 이해가 되었다.

"죄송해요."

고개를 떨어뜨린 시시.

"훗!"

외수는 다시 웃었다. 시시의 모습이 술기운이 남아 있는 데다 입술을 힘주어 다물고 있는 탓에 뭔가 불만 있는 뚱한 사람처럼 보였기 때문이다.

"시시, 그만 건들거리고 이리 와서 앉아."

"네?"

"너 지금 흔들리고 있어. 왜 무릎은 꿇고 있어? 서려면 서든지, 앉으려면 앉든지."

그제야 자신의 자세를 인지한 시시가 후다닥 일어났다.

물론 그래도 건들건들 끄덕대는 신형은 어쩔 수가 없었지만 시시는 용기를 내어 물었다.

"공자님?"

"말해."

"세가를, 아가씨를… 떠나실 건가요?"

"……."

물끄러미 쳐다보는 외수.

"듣고 싶어?"

"네."

"그럼 계속 흔들리니까 앉아 줄래?"

"……."

시시가 슬그머니 무릎을 모으고 불 앞에 앉았다.

지켜보던 외수가 대답했다.

"네가 떠나지 말라면 남을게. 단, 편가연을 위해서가 아니야."

"……?"

쳐다보는 시시. 멍한 표정일 수밖에 없었다.

하지만 그녀는 애써 정신을 가눈 뒤 외면하듯 다시 고개를 돌리고 말했다.

"전 아가씨를 위해서… 공자님을… 붙잡아야 해요."

외수의 대답은 쉬지 않고 튀어나왔다.

"난 그녤 위해 남지 않아!"

"……?"

충격적인 선언에 다시 돌아볼 수밖에 없는 시시. 그리고 애걸하듯 말했다.

"남아주세요. 아가씰 위해서."

"싫어. 난 널 데리고 떠날 거야!"

"……?"

시시는 숨이 턱턱 막혔다. 거침없는 외수. 감정을 조절할 수가 없었다.

"제발, 제발 저 때문이라고 하지 말아주세요."

"시시."

매섭게 노려보는 외수.

"말씀… 하세요."

"뒤에 깨달은 사실인데, 스무 살이 되도록 결코 할 수 없었던 가출을 결심하게 된 것도 너 때문이었던 같고, 죽을 줄도 모르고 편가연을 구하려 뛰어든 것도 사실 너 때문이었어."

"……?"

점점 충격 속으로 빠지고 있는 시시였다.

"그러니 편가연을 위해서라는 말은 소용없어. 지금 세가를 지키고 있는 것도 너 때문이니까."

시시는 세차게 고개를 저었다.

"안 돼요. 아가씨를 위해서라고 말해주세요!"

"불가능해."

"그럼 아가씨는 어쩌라고요? 공자님만 바라보고 있는 아가씨는… 불쌍해서……. 흑흑!"

결국 울음이 터진 시시.
하지만 외수는 아랑곳하지 않았다.
"그럼 너는?"
"네?"
"그럼 시시 네 마음은 어떡하고."
"……."
꼭 깨문 시시의 입술이 울먹임 때문에 바르르 떨렸다. 그리고 폭발했다.
"저 같은 건 아무래도 상관없잖아요. 저는 노비이고 아가씨는, 아가씨는……."
말을 잇지 못하는 시시.
"제발. 안 돼요. 제발 그런 말씀은. 흑흑, 흑흑흑."
감정을 주체하지 못하고 뒤돌아 달려가는 시시.
"……."
뛰어가는 그녀를 응시하고 있던 외수가 고개를 저으며 혼자 긴 한숨을 내쉬었다.
"휴우, 어떡하나. 저 골수 골통 노비를……."
안타깝단 듯 시선을 거두지 못하는 외수.
"아무래도 오래 걸리겠군."

第五章

죽여, 저놈을

그 모든 대참사의 시작은 그를 향해 칼을 드는 그 순간부터였다.

―궁외수를 지켜본 어떤 이

발등에 불이 떨어진 것 같이 정신없는 무림맹이었다.

긴급 무림회의가 소집됨에 따라 전국의 군소방파 수장들이 하나둘 모여들고, 구대문파를 위시한 거대 무림세가 대표들도 속속 도착하면서 무림맹은 팽팽한 긴장감마저 맴돌고 있었다.

뛰어난 처세술로 꽤나 오랫동안 권좌를 유지하며 무림맹주 행세를 해먹고 있는 육승후는 머리가 터지는 것 같았다. 처음으로 자신의 임기 중 골치 아픈 상황에 맞닥뜨린 탓이다.

솔직히 그동안은 탈이랄 게 없었다.

마교 때문에 만들어진 무림맹이지만 마교 쪽은 이십여 년 전부터 잠잠했고, 무림에서 일어나는 사건이라고 해봐야 광기 들린 살인마나 군소방파들의 이런저런 분쟁이 고작이었다.

한데 다른 사람도 아닌 당문세가의 암왕이 그 아들들과 함께 한날한시 난데없이 살해를 당하고, 천하제일상가 극월세가를 전복하려는 음모 세력들에다, 그동안 죽은 줄로만 알았던 마도의 제왕으로 의심되는 자까지 나타나 버젓이 중원을 활보하고 있다는데 어찌 머리가 터지지 않을까.

거기에 더 미치겠는 건 이 모든 것이 한꺼번에 일어나고 있다는 것이고, 모든 사건이 기묘하게 극월세가와 연관성을 가졌다는 것이다.

"무상, 이게 도대체 어떻게 돌아가는 판국이야?"

집무실 한쪽 크고 푹신한 의자에 몸을 묻은 채 머리를 괴고 있던 육승후가 유일하게 같이 앉아 있는 곽한도에게 나직한 목소리로 물었다.

"글쎄요. 아무래도 이 모든 일에 관여하고 있는 삼성 어르신들께서 와봐야 알 수 있지 않겠습니까."

"그래, 그렇긴 한데 도무지 종잡을 수가 없단 말이야. 어째서 무림세가도 아닌 극월세가가 이 사건의 중심에 있고, 또 극월세가를 노리는 놈들의 목적이 무엇인지 궁금해 죽겠단 말이지."

"원한이 아니라면 극월세가가 가진 거대한 부(富)가 목적이 아니겠습니까."

"흠, 그렇다면 정말 보통 문제가 아닌데."

꽤나 심각한 육승후. 곽한도가 그의 기색을 살피며 물었다.

"무엇이 보통 문제가 아니라는 것인지……."

"무림 세력이 돈을 목적으로 한다. 그게 무얼 의미해? 그 많은 돈을 어따 쓰게?"

"……?"

"극월세가는 누가 전복한다고 해서 차지할 수 있는 곳이 아니잖아. 죽은 편장엽의 유산이고 지금은 그 딸이 온전히 대통을 잇고 있어. 즉, 천하가 다 아는 편씨의 것이란 말이지. 그런데 미친놈이 아니고서야 누가 그걸 빼앗으려고 해?"

"……?"

이제야 육승후가 무슨 말을 하려는 것인지 감을 잡은 곽한도.

"딱 두 가지뿐이군요. 황실도 뒤엎을 만한 부가 축적된 곳이니까 반역의 의도이거나, 아니면 무림 정복을 꿈꾸는 무리……?"

"그렇지! 그런 놈들 아니곤 그럴 수가 없는 것이지!"

육승후가 확신을 하듯 말했지만 곽한도가 고개를 갸웃하며 의구심을 표했다.

"한데 맹주, 그럴 만한 세력이 과연 있을까요? 있다고 해도 우리 이목에 걸리지 않고 과연 그런 엄청난 일을 벌일 수 있겠습니까?"

"그러니까 미친놈들인 게지. 지금까지 전혀 모르고 있었잖아. 군림을 꿈꾸는 놈들이 아니곤 그 거대한 극월세가를 노릴 리가 없어."

육승후의 안색이 더욱 무거워졌다. 더욱 머리를 굴려보는 모습.

그때 공약지가 맹의 주요 부서 수장들과 집무실 안으로 들어섰고, 육승후는 자신의 다급한 심정을 그대로 공약지를 향해 표출했다.

"어떻게 됐어, 정탐 첩보는 날아왔어?"

공약지의 기색도 침울했다.

"예, 맹주. 그런데 충격적인 소식입니다."

"충격적?"

"예. 첩혈사왕, 그자가 현재 일월천의 통치자랍니다."

"으윽."

자기도 모르게 신음을 뱉을 만큼 질색을 하는 육승후.

"섭… 위후는?"

"그가 직접 교주 권좌를 이양했다고 합니다."

"그, 그럼……?"

말조차 제대로 잇지 못하는 육승후였다.

공약지가 대충 알아듣고 내용을 이어갔다.

"마교는 다시 과거 통일 당시의 극강 체제로 들어간 듯합니다. 어느 날 갑자기 그가 돌아왔다는데, 섭 교주 체제하에서 분열 조짐까지 보이며 혼란스럽던 일월천의 내부 상황을 그가 단숨에 정리해 버리고 교주 권좌에 등극했다고 합니다."

"……?"

완전히 사색이 된 육승후였다. 한동안 멍한 정신을 가다듬던 그가 버럭 짜증부터 냈다.

"뭐야, 그 인간? 그동안 어디 있다가 이제야 나타났대?"

"그건……."

염탐 따위로 알 수 없는 부분이었다. 일월천 내에서도 모르고 있는 것을 첩보 활동으로 알아낼 수는 없는 것. 짜증이 난 육승후는 세작(細作)이 알아낼 수 없는 부분을 자꾸 물었다.

"지금 거기 있대?"

"그것도 명확치 않습니다."

"젠장, 미치겠군. 그 이름이 다시 등장한 것만 해도 골이 지끈거리는데 중원을 활보하고 있는 인간이 그자일 수도 있다니, 대체 어쩌란 말이야?"

"……."

"준동할 기미는 있대?"

"그쪽은 잠잠하답니다. 침공을 위한 준비 같은 건 보이지 않는다고……."

"으음, 답답하군."

공약지가 육승후의 생각을 안다는 듯 다시 말을 이었다.

"일단 삼성께서 대적했다는 그자의 위치부터 파악하는 게 급선무일 것 같습니다. 그가 첩혈사왕인지는 확신할 수 없으나 아무래도 마교 쪽과 연관이 있는 자인 것은 분명할 듯합니다."

"어째서?"

"공동파 충령자 장문인이 화산파, 무당파 등 다른 문파 사람들과 같이 도착해 맹주를 기다리고 있습니다."

"공동파? 그렇군. 그들이 극월세가 궁외수와 얽혔었지. 그런데 왜 이제 나타난 것이래?"

"그것이… 그동안 봉쇄당하고 있었다고 합니다."

"뭐, 봉쇄? 누구에게? 공동파가 누구에게 봉쇄를 당해?"

"일월천의 철혈마군과 첩혈사왕 교주가… 직접 왔었다고 합니다."

"……?"

공약지의 대답에 눈을 들어 째려보는 육승후.

"그게 뭔 소리야? 일월천의 철혈마군과 첩혈사왕이 뭐?"

"맹주, 저도 믿기지 않습니다만 충령자 장문인을 비롯한 공동파 인물들이 모두 그리 증언하고 있습니다. 그들의 봉쇄로 꼼짝을 할 수가 없었고, 외부로 보내는 전서조차 차단당했었다고 합니다."

"……."

쾅!

육승후가 탁자를 내려치며 자리를 박차고 일어났다.

"그게 말이 되는 소리야?"

고함을 지르는 육승후.

"그들이 왜? 첩혈사왕과 철혈마군이라니? 그게 무슨 의미인지 공 문상도 잘 알잖아! 그리고 그들이 공동산까지 오는데 아무도 몰랐다는 게 말이 돼?"

펄펄 끓는 육승후. 부정하고 싶은 마음이야 둘째 치고 우선 이해가 되지 않았기 때문이다. 마교의 교주가 최강 무력부대를 이끌고 중원에 발을 디뎠다는 건 곧 전쟁을 의미하는 것이기 때문이다.

육승후가 펄펄 끓고 있는 그때 일단의 무리들이 집무실을 박차고 들어왔다.

"맹주, 그럼 우리가 거짓말을 하고 있단 말이신가?"

충령자를 비롯한 공동파 일행들. 그들뿐이 아니었다.

화산파와 무당파의 장문인들이 수행자들과 같이 들어섰고, 사천 당문세가의 가주 당무의(唐武義)가 혈족들을 이끌고 같이 몰려들었다.

하나같이 날이 선 얼굴들.

"어서 오십시오, 장문. 무당과 화산파, 두 분 장문께도 인사 올립니다."

"인사 따윈 치우시게."

몹시 화가 난 충령자였다. 그럴 것이 무림맹과 육승후가 자기 할 일들을 다 못 하고 있어서 공동파가 그런 치욕을 겪었단 생각을 갖고 있기 때문이다.

"맹주가 하시는 일이 무엇인가? 도대체 맹이 하는 일이 무엇이냔 말이야? 마교의 준동을 감시하고 무림 대소사를 관장하라 창설한 것이 맹이거늘, 어째서 마도 놈들이, 그것도 마교의 교주가 바뀐 것도 모르고, 첩혈사왕이란 신임교주와 예하 무력부대가 이 땅에 들어와 활보하는 동안 이렇게 방구석에 박혀 뭘 하고 있으신가 말이야? 우리 대소 무림 문파들이 지원이 약했던 것인가?"

분기탱천, 부득부득 이를 갈아대는 충령자였다.

육승후보다 한참 위 연배의 충령자는 맹주라는 육승후의 직위 때문에 최대한 그를 존중해 그나마 화를 참고 있는 중이었다. 그게 아니었다면 더 거칠고 과격한 어투로 몰아치고도 남았을 분노였다.

'칫, 다음 맹주 자린 물 건너갔군.'

이 순간에도 자신의 권좌 걱정을 하고 있는 육승후. 젊을 적 '천패신군(天覇神君)', 또는 '천패천검(天覇天劍)'이라 불릴 정도로 뛰어난 무위를 지닌 것에 반해 인성 면에선 한참이나 덜된 인간이었다.

"장문인, 확실한 것입니까? 방금 공 문상에게 들었는데, 혹시 잘못 보신 것은 아닙니까? 어찌 첩혈사왕과 마교 최강의 무력조직이란 철혈마군이 공동산에 나타난단 말입니까?"

"이보시게, 육 맹주! 지금 내가 허언을 하러 여기까지 달려왔다고 생각하는 겐가?"

"아니, 당연히 그렇진 않습니다만 이치상 도저히 납득이 되지 않는 부분이라서……. 그들이 공동산을 범할 이유가 없지 않습니까. 선전포고라도 했습니까?"

"이런? 답답하구만."

"장문, 어떻게 된 일인지 차분히 설명부터 좀 해주십시오. 대체 무슨 일이 있었던 겁니까?"

육승후가 자기가 더 답답하단 듯 애걸하는 표정으로 말했다.

그때 육승후와 연배가 비슷한 무령자가 나섰다.

"육 맹주, 답답하겠지만 틀림없는 첩혈사왕이었소. 그를 수행해 따라온 자들만 봐도 그의 신분을 확인할 수 있소. 그들이 본 파의 명화전까지 부수며 무력시위를 했는데, 그자는 마도 통일대전 당시 전투의 미치광이라 불렸던 광혼신마(狂魂神魔) 곽천기였고, 삼백여 철혈마군을 지휘한 자는 혈우폭마 연우정이었소. 그가 첩혈사왕이 아니라면 누가 과연 일월천 최고 서열 수뇌들인 그들을 부릴 수 있단 말이오?"

"……?"

입이 벌어진 육승후. 뒤통수를 한 대 얻어맞은 사람처럼 멍한 표정이었다.

"왜? 어째서 그들이 공동산을……?"

"그것이 우리도 의문이오. 그들과 별도의 원한을 쌓은 적도 없는 데다, 침공을 위한 사전 탐색이 목적이라면 더 가까이 사천 쪽의 당문이나 청성파도 있고, 또 굳이 교주가 직접 최고 수하들까지 거느리고 출정을 했다는 것도 당최 받아들일 수 없는 부분이오."

"내 말이 그겁니다!"

육승후가 격하게 반응했다. 답답해서 미쳐 버릴 지경이라는 듯 인상까지 잔뜩 일그러뜨린 그였다.

"공약지!"

"예, 맹주!"

"어떻게 생각해? 그들이 왜 뜬금없이 공동파에 나타나 도발을 했다고 생각해?"

"저도 판단이 되질 않습니다. 단지, 그 또한 극월세가 궁외수와 관련이 있지 않을까 생각을 해보고 있는 중입니다."

"……?"

매섭게 돌아보는 육승후. 설명을 재촉하는 눈초리였다.

"공동파가 최근에 얽힌 일이라곤 궁외수뿐이지 않습니까. 낭왕의 죽음부터 시작해 최근의 모든 일들이 그와 연관되어 일어나고 있으니 첩혈사왕이 수하들과 공동산에 나타난 그 엄청난 사건도 어쨌든 그 인간과 연관이 있을 것 같단 생각이

들어서 말입니다."

 모두가 공약지의 입을 주시하는 상황. 궁외수에게 개인적인 치욕을 당한 원한이 있는 공약지지만 겉으론 표를 내지 않고 담담히 말을 이어갔다.

 "마교 무리들이 공동파를 도발해 놓고 위협만 하다가 어느 날 사라졌습니다. 그건 봉쇄가 목적이었단 의미이고, 그 시기가 궁외수와 공동파의 대립이 이루어지려던 때와 묘하게 맞아떨어집니다."

 "……."

 무령이 재차 확인을 하고 나섰다.

 "그, 그럼 궁외수란 그놈을 도우려 마교가 움직였단 말인가?"

 "딱히 달리 설명할 길이 없습니다. 무림삼성께서도 첩혈사왕으로 추정되는 무위를 가진 자를 극월세가에서 마주쳤다고 하니까 더욱 의심스러울 뿐."

 모두가 말을 잃었다. 특히 공동파 인물들이 표정을 추스르지 못했다.

 그때 사천 당문의 당창의(唐昌義)가 시퍼런 얼굴로 나섰다.

 "공약지! 내 아버지와 동생들, 그리고 내 딸까지 살해한 자도 그놈이냐?"

 충격과 혼란에 빠진 당문세가의 가주. 그의 얼굴에 선 몹시도 날카로운 칼날은 당장 누구라도 베어버릴 듯했다.

"그 어떤 증거도 아직 없지만 혐의를 두고 조사 중입니다. 현재 가장 유력한 용의자니까요."

"으드드득!"

으스러질 듯 두 주먹을 움켜쥐고 이를 갈아대는 당창의의 살기가 무시무시했다.

하지만 그와 같이 온 아들 당철영은 믿지 못하겠단 고개를 갸웃대고 있었다. 아무리 특이한 인간이라고 해도 할아버지인 암왕을 살해할 정도의 무위를 가진 놈으론 생각지 않기 때문이다.

당철영이 품은 의문을 마침 무당파 장문 유선(有善)이 물었다.

"공 문상, 그 아이 얘긴 들었네. 지난번 후기지수 대회에서 여러 명문의 제자들을 물리치고 우승했을 만큼 특별한 재능을 가졌다더군. 그런데 그 아이가 과연 암왕을 해할 정도의 무위를 가졌단 말인가?"

회색 도복이 더 없이 잘 어울리는 늙은 도사. 그의 뒤에도 남궁세가에서 궁외수와 직접 검을 맞대어 보았던 청연이 같이 서 있었다.

대답은 공약지보다 앞서 화산 장문 기태윤(基太允)을 수행해 온 화산신검 문여종이 했다.

"유선 장문인, 아주 극악한 놈입니다. 나뿐 아니라 다른 이들도 똑똑히 목도했었소. 놈의 흉악한 본성과 실체를."

흐트러짐 없는 유선의 차분한 시선이 문여종에게로 돌아갔다.

"오호, 그런가. 어린아이가 어떠했기에 그런……?"

"놈이 공동파의 동도들을 베던 장면은 지금도 치가 떨립니다. 마성을 가진 마도 놈들과 한 치도 다를 바 없었소. 후기지수 대회에서 보인 놈의 모습은 본모습이 아니오. 자신을 숨기고 있었던 것입니다."

격한 문여종의 토설에 유선 장문 뒤에 묵묵히 선 청연의 눈빛이 그 순간 조금 흔들리는가 싶었다. 자신은 조금 다른 생각을 가졌다는 듯 동의하지 못하는 눈빛이었다.

유선 장문도 결코 쉽게 받아들이는 표정이 아니었다.

"숨기고 있었다? 허허, 왜 그랬을까. 그럴 이유가 있었던 것인가? 들어보니 본인도 꽤 많이 다쳤다던데……. 그것 참 알 수 없는 노릇이군."

어린아이처럼 고개를 갸웃대는 유선 장문.

"내력을 완벽히 숨기고 있었소. 대회 이후 우리가 본 놈의 공력은 나를 훨씬 능가하는 정도였소."

"오호, 그래?"

"예. 뿐만 아니라……."

문여종이 매화검선 담사우의 일을 입에 담으려다 멈칫했다. 아무래도 사문의 치욕이기 때문이었는데, 어차피 공동파 이대제자들을 궁외수가 도륙하던 날 다 알려진 사실이긴 해도 함부로 입에 담기가 쉽지 않았다.

무당 장문 유선이 문여종의 다음 말을 기다리고 있는 그때, 밖으로부터 묵직한 음성이 날아들었다.

"틀렸다!"

유선이 수행해 온 이들과 같이 퍼뜩 돌아섰다. 누구의 음성인지 바로 알아들은 탓이다.

구대통과 무양, 명원, 세 사람이 뒤에 꼬리처럼 주미기를 달고 들어서고 있었다.

"사백!"

"태사조!"

"어르신!"

무당인들뿐 아니라 모두가 머리를 조아려 그들을 맞이했다.

육승후도 세 사람을 기다리던 차라 그답지 않게 반색을 했다.

"어서 오십시오."

무양은 그를 거들떠보지도 않았다.

"암왕을 살해한 범인은 그가 아닐 수도 있다!"

"그게 무슨 말씀입니까? 전에 세 분께서 확신을 하듯 말씀하시지 않으셨습니까. 다른 증거라도 잡으셨습니까?"

튀어나가듯 앞으로 다가서며 재촉을 하는 육승후.

그제야 무양이 지그시 그를 노려보았다.

"그래. 그 아닌 다른 자를 보았다."

"그 아닌 다른 자? 그럼 암왕을 살해할 만한 무위를 지닌 다른 자를 발견했다는……?"

"그렇다. 지금까지 그를 쫓다가 오는 길이다."

"누굽니까, 그가?"

"……."

무양이 대답하기 싫다는 듯 노려보고만 있자 구대통이 대답했다.

"극월세가를 노리는 주모자!"

"……?"

육승후뿐 아니라 모두의 눈이 휘둥그레졌다.

"어, 어디 있습니까?"

"모른다. 극월세가 행렬을 공격했다가 실패하고 도주하는 놈들을 쫓았지만 놓치고 말았다."

"……."

놓쳤다는 말에 아쉬움을 삼키는 육승후.

"그럼 누구인지 아직 모른다는 말씀……?"

끄덕.

"하지만 몇 가지 단서를 잡았다. 무적신갑이란 절대신병을 놈이 사용하고 있다는 것! 즉, 진회현에서 일어난 몰살의 범인도 그놈이라는 것이다."

"……!"

"그리고 또 하나, 놈이 사용하는 무공이 무왕 동방천의 구절신공이었다."

"헉, 구, 구절신공?"

새파랗게 질리는 육승후였다. 다른 이들도 마찬가지였다.

어찌 아니 그럴까. 무공을 만든 무왕 본인조차 감당하지 못했다는 금단의 신공. 그것을 사용하는 자가 있다는 것도 놀라운데 사하공의 끔찍한 절대신병까지 지니고 있다는 말은 모두에게 충격을 안기기 충분했다.

모두가 놀라움을 금치 못하는 가운데 눈들이 자연스레 당문의 당창의 가주에게로 돌아갔다.

또 한 명의 용의자.

당창의의 분노는 더욱 이글거렸다.

"구 사백! 놈은 어찌 되었습니까?"

"말했지 않느냐. 도주했다고. 하나같이 대단한 무위를 갖춘 수하들을 이끌고 극월세가 행렬을 습격했다가 미친 궁외수에게 당해 도주했다. 놈을 구해간 놈의 팔이 하나 잘렸는데 그것 역시 놈들을 찾는 데 도움이 될 수 있다."

육승후가 즉시 끼어들었다.

"궁외수에게 당해요? 무왕의 구절신공에 무적신갑까지 가진 자가?"

돌아보는 구대통. 하지만 구대통은 노려볼 뿐 대답하지 않았다.

그때 당창의가 버럭 하며 다시 끼어들었다.

"그렇다면 궁외수란 그놈을 불러 확인해 보면 되겠군요. 아무래도 그놈은 뭔가 알 수도 있지 않겠습니까."

무양이 고개를 저었다.

"그럴 필요 없다. 녀석이 여기로 오고 있단 소식 듣지 못했느냐."

다시 육승후가 휘둥그레졌다.

"그놈이 여기로 온다구요?"

"멍청한 놈! 뭘 하고 있었던 게야? 전국이 지금 그것 때문에 떠들썩하거늘."

"놈이 무림맹엔 왜?"

"그것까진 모른다. 들리는 말에 의하면 극월세가를 위협한 흉수들을 알아냈고, 그것을 해결하기 위해 온다는 소문이다."

"……."

"왜 그런 표정이냐? 뭔가 찔리는 것이 있느냐?"

"무슨 말씀이신지……?"

"흉수가 하나뿐이겠느냐. 그 큰 가문을 도모하려 했을 땐 분명 동조 세력들도 있을 것. 모래알같이 많은 천하 무림 방파들 중에 금품을 탐하지 않은 세력이 없을 성 싶으냐?"

"그럼 놈이 우릴 협박하러 온다는 말씀이십니까?"

노려보는 무양. 한 대 쥐어박아 버리고 싶은 눈초리였다.

"도대체 무엇이 중요한지 모르는구나. 지금 그놈이 오는 게 중요해? 무왕 동방천의 무공을 사용하는 그놈, 무적신갑이란 절대신병을 가진 그놈을 찾는 게 급선무 아니더냐. 멍청한 것! 당장 전국에 수배를 내려 그놈부터 찾아!"

*   *   *

황하로 흘러드는 큰 물줄기 중 하나인 위하(渭河) 유역에 위치한 대도시 보성.
그곳에 여자의 몸으로 홀로 오랫동안 대상가를 이끌어 온 십대부호 가문이 있다.
그곳에 대한 세간의 평가는 그다지 후한 편은 아니었다. 빈틈없고 깐깐한데다 아주 인색하며 지독하단 평가.
하지만 그런 만큼 거래에 있어서는 완벽할 정도로 철저해 그 신뢰성만큼은 더할 나위 없이 좋다는 상가.
바로 염설희 가주의 보성염가이다.
당나귀 짝귀를 타고 보성염가 정문으로 향하는 반야는 뛰는 심장을 주체할 수 없었다.
"뉘시오?"
극월세가만큼은 아니어도 대단한 위용을 자랑하는 보성염가의 정문을 올려다보는 외수에게 문지기들이 다가섰다.
도검 따위를 지녔지만 구색같이 보일 뿐, 무인 냄새조차 풍기지 않는 자들.

"궁외수라 하오. 염설희 가주 계시오?"

"계시긴 한데, 뉘시오?"

"뵈러 왔소. 안내를 부탁하오."

"약속이 되어 있소?"

무인 냄샌 나지 않았지만 제법 덩치도 있는 데다 깐깐한 인상의 문지기. 그는 궁외수란 이름을 얼른 알아채지 못했다.

"미리 연락을 취하지 못했소. 극월세가의 궁외수가 뵙길 청한다고 전해 주시오."

"그, 극월세가, 궁… 외수?"

그제야 눈이 휘둥그레져 다시 확인을 하는 문지기. 그는 시시와 반야까지 확인을 하며 허둥댔다.

"같이 오신 분들은……? 호, 혹시 편가연 가주십니까?"

최대한 공손한 태도로 시시를 올려다보는 문지기.

또다시 외수가 대답을 했다.

"아니오. 그녀는 나와 같이 온 사람이고, 옆의 사람을 보시오. 그녀는 염 가주의 손녀 되는 여인이오."

"으읍? 가주의 소, 손녀시라면 낭왕 염치우 대협의……?"

눈알이 빠질 듯 기함을 하는 문지기였다.

감정에 북받친 반야가 울먹이듯 대꾸했다.

"염반야예요. 할머니께 안내해 주세요."

그러자 문지기는 더욱 기함을 했다.

"허억? 바, 반야 아가씨? 주, 죽을죄를 지었습니다. 소인이 미처 몰라보고… 죄, 죄송합니다. 어서 모시겠습니다. 이쪽으로!"

문지기가 서둘러 짝귀의 고삐를 잡고 앞서 길을 재촉했다.

다른 자들도 기함을 하긴 마찬가지였다.

"비켜라! 이놈들아, 비켜! 물러서라!"

서로 서로 앞서가며 길을 트는 문지기들. 앞서 안내하랴, 궁외수와 반야의 눈치를 보랴 정신이 없는 그들이었다.

정문을 통과해 안쪽으로 들어선 뒤 외수는 보성염가의 전경부터 감상했다.

무수한 창고들. 그리고 분주한 사람들. 규모만 다를 뿐 극월세가와 별반 다를 게 없는 풍경이었다.

많은 사람들과 창고들을 지나고 꽤 높은 담장 하나를 마지막으로 통과했을 때 극월세가처럼 대부호다운 화려한 내원을 생각했던 외수의 기대는 곧바로 무너져 내리고 말았다.

독한 거름 냄새.

시야에 펼쳐진 건 이런 저런 작물들이 심어진 광활한 밭떼기들뿐이었다.

그 밭들 한가운데 몇 사람이 쭈그리고 앉아 호미질을 하고 있었는데, 그중 한 늙은이가 염설희라는 것을 외수는 바로 알아보았다.

영락없는 촌구석 늙은 할망구의 모습.

외수가 지그시 인상을 찌푸리며 쳐다보고 있을 때, 안내를 해온 문지기가 그녀를 부르며 머리를 조아렸다.

"가주, 손님이 오셨습니다. 손녀이신 반야 아가씨와 극월세가 궁외수 공자가 뵙길 청하십니다."

슬그머니 돌려지는 염설희의 고개.

그녀와 같이 밭을 일구고 있던 이들도 모두 돌아보았다.

그 순간 외수의 인상은 더욱 찌푸려졌다. 생각지 못한 뜻밖의 기운이 흐르는 것을 감지한 탓이다.

하지만 할머니 염설희의 기운을 확인한 반야는 결국 울먹였다.

"할머니… 흐흑."

울먹이는 그녀를 보며 호미를 쥔 채 천천히 일어서는 염설희.

그런데 반야를 보는 그녀의 눈길이 뜻밖에도 결코 곱지 않았다.

그리고 잠시 머물던 그 차가운 눈길은 천천히 외수에게로 옮겨져 더욱 매서운 칼날을 뿜어냈다.

"묵연!"

"예, 가주!"

염설희의 부름에 같이 밭을 일구던 자들 중 한 중년 사내가 머릴 숙이며 대답했다.

노려보는 염설희 가주의 살기가 그처럼 매서울 수 없었다.

"제 발로 걸어왔군. 저놈을 죽여 버려!"

전혀 예상치 못한 명령.

시시는 물론 반야도 그 순간 경악을 금할 수 없었다.

그르르릉―

긴 장검의 검신이 드러나는 소리가 반야의 등골을 오싹하게 만들었다.

"할… 머니……?"

충격에 휘청대는 반야.

외수가 천천히 말에서 내려서며 다가오는 자를 노려보았다.

후리후리한 키에 표정이라곤 없는 인상. 밭일을 하고 있었으나 외수는 그가 무인이라는 것을 처음부터 알고 있었다.

그뿐 아니라 다른 이들도 마찬가지. 내원으로 들어섰을 때 그들이 흘리던 경계의 기운을 외수는 바로 포착하고 있었다.

다들 염설희의 호위겠지만 일반적 호위무사가 갖지 않은 공력을 지닌 자들.

"공자님?"

말에서 내려서며 걱정하는 시시.

반야도 짝귀의 등에서 허겁지겁 미끄러지듯 내려섰다.

"할머니, 저예요. 반야!"

이미 울음이 터진 반야였다. 두려웠던 상상. 그것이 현실인 것 같아 마음을 진정할 수가 없었다.

"왜 이러는 것이오?"

사나운 눈매의 궁외수. 다가오는 자는 제쳐 두고 염설희를 노려보았다.

늙은 할망구치곤 작지 않은 체구. 사내처럼 당당한 체구의 그녀는 외수의 말은 무시하고 다가서는 자를 몹시도 신경질적으로 재촉했다.

"어서 죽여! 단칼에 죽여 버려!"

표독스럽기까지 한 그녀의 노성에 반야가 울부짖었다.

"할머니, 안 돼요. 이러지 마세요. 제발. 흑흑!"

그제야 다시 반야에게 눈을 주는 염설희였다. 하지만 그녀의 표정은 여전히 냉랭하기만 했다.

"너는 물러나 있어라! 놈부터 죽여 놓고 보자!"

외수가 거듭 의사를 확인했다.

"이유가 무엇이오?"

"시끄럽다! 묵연, 뭘 하는 게야? 저놈이 나에게 말을 걸고 있지 않느냐. 주둥이를 찢어버려라!"

말릴 수가 없는 노화였다.

다가서던 사내가 발의 흙을 박차고 뛰어올랐다. 그의 장검은 즉시 강기를 머금었고 이어지는 대기를 가르는 소리가 섬뜩했다.

쉬이익—

그대로 있을 수 없는 외수. 사정을 둘 까닭도 없었다.

쉬익 쉭 쉭!

발검과 동시에 뻗어나가는 세 줄기 검린.

아래로부터 쳐올려진 검린은 거의 완벽한 무형(無形)의 상태로 파공성만 일으켰고, 뛰어올라 덮쳐들던 사내를 혼비백산하게 만들었다.

놀란 그의 모습이 볼만했다.

찔러도 눈 한 번 깜박 안 할 것처럼 견고하던 그의 표정은 한순간에 무너졌다.

"허억?"

호들갑스러워 보일 정도로 다급히 신형을 트는 모습.

그럴 수밖에 없었다. 보이지도 않는 무엇이 생각지도 않게 덮쳐드는데 기겁하지 않을 자가 어디 있을까.

카캉! 캉!

식겁한 사내가 외수의 무극검린을 받아치긴 했다. 비록 뒤엉킨 흉한 자세였지만 소리뿐인 검린을 응수한 것만 보아도 그가 결코 호락호락한 자가 아니란 사실을 증명한 셈이었다.

그러나 그는 혼쭐이 났음에도 외수를 인정하지 않았다. 비록 흉한 꼴을 보이긴 했어도 그건 어디까지나 검이 가진 작용 때문이라고 여길 뿐이었다.

강직한 인상에 어딘지 어울리지 않는 비릿한 미소를 짓는 사내.

"설마 혈우사(血雨士), 만부막적(萬夫幕敵), 절대호위란 위

명이 신검의 묘용 덕분에 얻어진 건 아니겠지?"

무슨 말인지 모르는 외수가 눈만 껌뻑댔다.

"위명?"

"뭐지? 자신에게 붙은 별호를 모른단 표정이군. 요즘 밖에만 나가면 온통 자기 얘긴데 말이야."

더욱 짙은 미소를 머금는 사내.

가만히 보고 있던 외수가 관심 없단 듯 사내를 향해 걸어갔다.

그러자 사내의 눈은 자연스레 외수가 늘어뜨린 검으로 꽂혔다. 또 어떤 기이한 작용을 부릴지 알 수 없어 적잖이 경계하는 눈매.

하지만 외수의 공격은 그답게 직선적이었다. 그동안 싸움에 있어서만큼은 갖은 수단을 다 동원하며 상대를 당황케 해왔던 게 그의 모습이었으나, 그건 어디까지나 '무위'라는 걸 갖지 않았을 때 자기보다 강한 자를 상대하기 위한 어쩔 수 없는 방편이었을 뿐, 원래 성격이나 싸움 방식은 언제나 노골적이고 직접적인 외수였다.

카앙!

중년 사내는 외수의 단조롭기 그지없는 일격을 비껴 치며 풀쩍 물러났다. 단순한 횡소천군에 지나지 않았음에도 같이 발출될 검린을 지레 짐작한 탓이었다.

멋쩍어진 사내.

"훗, 기병을 가졌다는 게 이렇게 겁나는 것이었군."

다시 원래의 표정으로 돌아가 안면을 차갑게 굳힌 사내는 비로소 본인의 운신을 가져갔다.

"날 조롱해?"

카앙! 캉캉캉!

가지고 놀렸다는 기분에 거친 공세를 퍼붓는 사내.

하지만 이후에도 외수의 검은 솔직하기만 했다.

콰앙—

횡소천군.

카캉—

직도황룡.

카앙! 콰쾅쾅—

팔방풍우.

거기에 사내의 미간은 더욱 찌푸려졌다.

"빌어먹을!"

중년 사내 묵연. 성은 초(超). 나이 마흔다섯. 이름도 없는 오지 깡촌 출신으로 벌어먹고 살기 위해 떠돌이 생활을 하다 검을 익힌 자.

하지만 무수한 실전들을 치르며 삶에 대한 의지와 악착같은 노력으로 나이 삼십 초반에 '투귀(鬪鬼)'라는 무시무시한 별명으로 불렸던 용병.

그 후 알려지지 않은 은거 고수를 만나 검에 대한 새로운 눈을 뜨며 진정한 검귀(劍鬼)로 다시 태어난 사람.

낭왕 때문에 평소 무인을 경멸하고 증오하는 수준인 염설희조차 곁에 두고 쓸 만큼 인정하는 무인.

그런 초묵연은 몹시 흥분했다. 무시당하고 있단 생각 때문이었고, 그 노한 감정은 바로 검으로 이어졌다.

카카칵! 쾅쾅쾅! 콰악!

맹렬한 검격. 사력을 다한 몸부림이란 것이 겉으로도 확연히 느껴졌다.

하지만 그는 맹렬하기만 할뿐 외수를 몰아붙이진 못하고 있었다.

몰아붙이기는커녕 되레 밀리는 형국.

'이, 이게?'

초묵연은 이해할 수 없었다. 궁외수를 모르지 않았다. 오대상회 회의 때 염설희를 호위해 갔다가 남궁세가 후기지수 대회에서 싸우는 궁외수를 보았던 기억이 또렷이 있었다.

한데 지금의 궁외수는 그때의 궁외수가 아니었다. 판이하게 달랐다.

그때의 궁외수는 마치 자신이 처음 무림에 칼을 들고 나왔을 때와 비슷했었다. 특출한 초식 하나 없이 감각에만 의존해 싸우던 모습. 강렬한 인상이긴 했어도 거칠기만 하던 초보자의 전형적인 모습에서 그 이상도 그 이하도 아니었었다.

그런데 이 위력은 무엇이란 말인가.

단조로워 보이는 초식은 과연 가능할까 싶을 정도의 난해한 변화를 뒤이어 일으켰고, 각 초식마다 동반되는 공력 또한 엄청나기만 했다.

그 짧은 시간에 이런 변모라니?

조롱하는 게 아니었다. 검결이 그러한 것이었다. 허초(虛招) 따위가 섞이지 않은 검. 어디에서도 본 적이 없는 완전히 새로운 검공이었다.

콰앙! 쾅쾅!

초묵연은 튕겨지듯 물러났다. 수위의 차이를 실감한 탓이다. 흥분을 가라앉히는 게 우선이었다.

하지만 염설희는 반대로 광분했다.

"뭣들 하는 게야. 모두 놈을 죽여!"

초묵연이 혼자서 감당 못 하고 패퇴한 것으로 판단한 염설희. 명을 받은 여섯 명의 사내가 즉시 도검을 앞세우고 외수를 덮쳐 갔다.

그러자 당황한 건 초묵연이었다. 그는 궁외수의 살벌한(?) 무위를 자신의 손으로 더 확인해 보고 싶었다. 그게 수하들이자 동료들인 다른 위사들의 위험부담을 줄여 줄 것이었기 때문이었다.

그러나 초묵연이 우려를 갖는 그 순간에 궁외수의 신형이 벼락같이 움직였다.

지금까진 보이지 않았던 폭발적인 운신.

쿠콰콰쾅!!

눈이 따라갈 틈도 없었다.

무지막지한 폭발이 덮쳤다. 마치 거대한 섬전 한 덩어리가 위사들을 들이받아 폭발하는 것 같았다.

열심히 씨앗을 심어놓은 밭고랑의 흙더미가 비산되는 것은 물론 위사들의 신형도 사방으로 제각각 날아갔다.

초묵연은 흙더미 속에서 같이 폭렬하는 핏물을 보았다. 그것이 수하 동료들의 피란 것은 의심할 여지도 없었다.

대항 한 번 못해보고 나가떨어진 수하들. 고용되었다곤 해도 무인으로 쟁쟁한 이름을 가진 그들을 일거에 날려 버렸다는 사실은 초묵연을 충격에 빠트렸다.

나뒹구는 여섯 명의 무사들을 쓸어보는 궁외수.

냉혹한 눈매. 한 치의 사정도 없는 시린 눈이었다.

염설희의 시선도 떨어졌다. 쓰러진 자신의 호위들을 보며 허둥대는 눈빛. 그녀에게도 궁외수의 무위는 예상 밖이었던 모양인지 호미를 쥔 손을 부들부들 떨기까지 했다.

그런 그녀를 향해 외수가 다가섰다.

그러자 놀란 초묵연이 달려들었다.

"멈춰!"

비스듬히 돌아서는 외수의 신형. 고함소리를 쫓아 바로 검이 내리 그어졌다.

슈아악!

이번엔 강기까지 머금고 뿌려지는 무극검린이었다.

초묵연은 또다시 혼비백산했다.

눈부시도록 아름다운 검린들. 당하는 당사자야 그 유려한 줄기들을 감상할 틈이 있으랴.

초묵연은 피할 여력이라곤 없이 받아쳐야만 했다.

콰콰콱콱!!

처음과 위력이 달랐다. 받아쳤지만 검린들은 관통하듯 초묵연의 신형을 휩쓸고 지나갔다.

외수의 검은 사정이 없었다.

"크으읍!"

초묵연이 결국 주저앉았다. 한쪽 무릎을 꿇고서.

그를 주저앉힌 외수가 검을 뻗은 채 시선만 거둬 염설희를 보았다.

"이이, 이놈!"

여전히 화를 삼키지 못하는 모습.

"……."

외수는 어떤 말도 없이 염설희를 노려보다 잠시 반야를 돌아보았다.

주체하지 못하는 눈물을 쏟으며 넋이 빠져버린 그녀였다.

외수 역시 말이 나오지 않았다. 지금 이 시점에 무슨 말을 할 수 있으랴.

하지만 확인을 해야 했다.

외수는 다시 염설희를 응시하며 무거운 입을 열었다.
"가주께서도 극월세가를 향한 음모에 가담했던 것이오?"
"……?"
부릅떠지는 염설희의 눈. 그녀가 소리쳤다.
"무슨 말 같지도 않은 헛소리를 지껄이는 것이냐?"
신경질적이기까지 한 반응이었다.
"……?"
"내가 무슨 음모에 가담해?"
"그럼 왜 나를 죽이려는 것이오?"
"몰라서 묻는 것이냐? 그 인간이 네놈 때문에 죽지 않았느냐!"
"……."
낭왕을 두고 하는 말이란 것을 외수가 못 알아들을 리 없었다.
숨통이 콱 막혀오는 외수였다. 그러나 한편으론 다행이란 생각부터 들었다.
"그럼, 그것 때문에……."
"이놈! 그것 때문이라니? 반야에게 가장 소중한 사람이 죽었거늘, 네놈이 무슨 낯짝으로 여길 나타난단 말이냐! 네놈 때문이란 것을 알고 있다. 무엇 때문에 죽은 것이냐. 네놈이 직접 죽인 것이냐?"
염설희. 낭왕이 죽었단 소문을 듣고 구오산에 가서 그의 무덤을 직접 확인한 그녀였다.
"아니에요, 할머니!"
반야가 두 손을 내저으며 허둥지둥 달려왔다. 그러나 바닥이 고르지 못한 밭인 데다 서두르는 탓에 몇 걸음 달리지도 못하고 앞으로 엎어지고 말았다.
"아가씨?"
놀란 시시가 달려와 얼른 그녀를 부축해 일으켰다. 얼굴이며 손, 무릎 등 흙을 뒤집어쓴 반야. 그녀는 아픔조차 잊고 소리쳤다.
"궁 공자님 때문이 아니에요."
하지만 염설희는 냉담했다.
"너는 왜 이제야 나타나는 것이냐. 네 할아비가 그렇게 됐는데 왜 내겐 알리지 않았어? 바로 할미 품으로 달려와도 모자랐을 것을……."
몹시도 서운하단 표정과 말투.
"죄송해요, 할머니. 흑흑."
반야가 다시 얼굴을 감싸고 울음을 터뜨렸다.
외수가 끼어들어 그녀 대신 변명을 해주었다.
"죄송하오. 그럴 만한 여력이 없었소."
"시끄럽다. 어떻게 죽은 것인지나 말해라. 그 인간이 누군가의 칼 따위에 죽었을 린 없고, 네놈이 독을 쓴 것이냐?"
다시 반야가 질색을 했다.

"할머니, 아니에요. 공자님이 해친 게 아니에요. 할아버진 공자님을 도우려다가 돌아가신 거예요. 흑흑."

할아버지 낭왕 생각에 슬픔을 이기지 못하는 반야

"네가 봤느냐? 그 자리에 있었어?"

"거기에 있었던 건 아니지만 할아버진 돌아가시기 전에 일평생 일구신 내력을 모두 공자님께 남겼어요. 만약 공자님이 할아버질 해쳤다면 어찌 그럴 수 있겠어요. 할아버질 구오산에 안장하신 분도 공자님이세요. 흑흑, 흑."

"어쨌든 놈 때문에 죽었다는 거잖아. 그리고 넌 왜 바로 달려오지 않았어? 네게 이제 남은 핏줄이라곤 나뿐이지 않으냐."

외수가 대꾸했다.

"미안하오. 거듭 말하지만 극월세사가 처한 상황 때문에 그녀를 데려다줄 수 없었소."

"흥, 그놈의 극월세가!"

"그리고… 반야의 눈을 치료하기 위해 더 지체할 수밖에 없었소."

신경질적일 만큼 날이 선 표정으로 일관하던 염설희의 안면이 일순 움찔했다.

"뭐? 눈을 치료해?"

"그렇소."

"어… 어떻게?"

여전히 같은 눈매로 노려보는 외수. 대꾸도 일관적이었다.
"여럿의 도움이 있었소. 덕분에 현재는 말끔히 독이 제거된 상태요."
염설희의 표정이 더욱 휘둥그레졌다.
"그럼 볼 수 있단 말이냐?"
"그렇소. 시간이 좀 걸릴 수도 있겠지만 반드시 볼 수 있소."
외수의 대답에 반야도 받아서 말했다.
"맞아요, 할머니. 좋은 약을 먹고 기다리면 시신경이 회복된다고 했어요."
"저, 정말이냐?"
더듬대는 염설희.
그녀의 눈매가 새롭게 번뜩이는 그때, 보성염가의 위사들이 줄줄이 미친 듯이 달려왔다. 내원 안팎을 지키던 이들이 싸우는 소리를 듣고 정신없이 달려온 것인데, 그 수가 백여 명은 족히 되고도 남을 듯했다.
그들은 모두 기겁부터 했다. 염설희를 근접 경호하는 고수들이 하나같이 다쳐 피를 흘리고 있는 탓이다.
"가주, 무슨 일입니까? 괘, 괜찮으십니까?"
"……"
대꾸 않고 외수만 노려보는 염설희.
위사들이 일제히 도검을 빼 들고 외수를 겨누었다.

"초 대협, 괜찮은 겁니까?"

위사의 물음에도 초묵연은 대답하지 않고 주저앉았던 신형을 천천히 일으킬 뿐이었다.

그때 염설희의 명령이 떨어졌다.

"무기를 집어넣어라."

"……?"

우물거리는 위사들. 하지만 명이 떨어진 이상 따르지 않을 수 없는 것.

위사들이 도검을 거두는 그 순간에도 눈을 외수에게서 떼지 않던 염설희가 물었다.

"왜 낭왕 그놈이 네게 내력을 남긴 것이냐?"

마주보던 외수가 천천히 반야에게로 눈을 돌렸다. 그리고 울고 있는 그녀를 보며 대답했다.

"평생 그녀를 지켜주란 부탁을 받았소."

"평… 생……?"

일그러지는 염설희의 눈. 그녀의 못마땅한 마음은 바로 표출되었다.

"되었다. 네놈은 꺼져라. 이제 볼일 없다."

외수는 대꾸하지 않았다.

하지만 반야가 가만있지 않았다.

"할머니, 제발 그러지 마세요. 제 눈이 희망을 갖게 된 것도 오로지 궁 공자님의 노력 덕분이에요. 극월세가를 향해 있는 음모를 파헤치러 무림맹으로 가야 하는 바쁜 일정에도 저 때문에 일부러 여기까지 와준 손님인데 어떻게 그러실 수 있어요? 흐흐흑."

"시끄럽다. 어쨌든 네 할아비의 죽음에 관련된 놈이다. 꼴보기 싫어!"

"흐흐흑. 미워요, 할머니. 흑흑, 흑흑."

"염 가주!"

울고 있는 반야를 뒤로 하고 외수가 다시 염설희를 매섭게 노려보았다.

"확실히 확인해야 할 게 있소. 정말 보성염가는 극월세가를 위협하는 음모와는 관련이 없는 거요?"

"이놈, 계속 무슨 소릴 지껄이는 것이냐? 내가 왜 극월세가를 향해 그딴 수작질을 한단 말이냐."

잠시 시린 시선을 유지한 외수.

"그렇다면 다행한 일이오. 부디 그 말이 사실이길 바라겠소."

"다행? 마치 연관이라도 있으면 나와 보성염가를 멸살하겠단 듯이 들리는구나. 당장 꺼져라. 눈앞에서 사라져!"

"……."

노려보던 외수는 두말없이 고개를 끄덕였다.

"그러라면 그렇겠소."

철컥.

검을 집어넣는 외수.

"시시!"

"네, 공자님!"

부르는데도 우물대기만 할 뿐 오지 않는 시시를 외수가 돌아보았다.

외수의 눈은 자연히 시시가 부축한 반야에게 꽂혔다.

"어떡할 거야, 할머니와 지낼 거야?"

서둘러 억지로 눈물을 훔치는 반야.

"아니에요. 함께 가겠어요. 같이 가요. 데려가주세요."

놀란 염설희가 발끈했다.

"뭐라는 게냐? 기껏 와놓고 왜 저놈과 같이 간단 말이냐?"

"할머니를 뵙고 싶어서 온 거예요. 그동안 정말 할머니가 그리웠어요. 흑흑, 제 맘도 모르시고. 극월세가를 노리는 음모에 대부호들이 끼어 있단 말을 들었을 때 제가 얼마나 가슴을 졸였는지 아세요? 그런데 어떻게 궁 공자님께 이러실 수 있어요. 제 목숨을 구해준 은인이라고 전에 남궁세가에서 말씀드렸잖아요. 거기다 눈의 독을 제거하고 다시 볼 수 있게 해준 은인인데, 어떻게……. 흑흑, 할머니 미워요. 다신 안 올 거예요. 흑흑, 엉엉엉."

반야가 울음을 가누지 못하며 시시와 함께 외수가 있는 곳으로 움직였다.

그러자 당황한 염설희가 어쩔 줄을 몰라 했다.

"안 돼, 갈 수 없다. 어딜 간단 말이냐. 혼자가 된 너를 저렇게 위험한 녀석에게 맡겨둘 수 없다. 뭣들 해? 못 가게 막아!"

다시 위사들을 다그치는 염설희.

그러나 그 순간 외수의 매서운 안광이 염설희를 압박했다.

"그녀를 놔두시오."

"뭐얏?"

"말했잖소. 난 낭왕에게 빚이 있고 내 목숨이 붙어 있는 한 그녀를 지켜주겠단 맹약을 그분께 했소. 그녀 뜻대로 하게 놔두시오."

"어림없는 소리. 네놈 혼자 떠나라. 반야는 데려갈 수 없다!"

외수의 눈매가 점점 사나워졌다.

"나는 물러서지 않소. 쓸데없는 피를 흘리게 될 것이오. 놔두시오."

나직했지만 소름 끼치도록 강렬하고 무서운 힘이 느껴지는 외수의 말이었다.

염설희는 주저할 수밖에 없었다.

위사들을 힐끔 둘러보는 염설희.

확인하지 않았던가. 묵연을 비롯한 보성염가 최고의 무인들을 일검에 날려 버린 끔찍한 무위를…….

위사 따위 수가 많다고 해도 그런 궁외수를 이길 가능성은 없었다.

이러지도 못하고 저러지도 못하는 상황에서 반야가 외수의 품으로 들어가 버리자 염설희는 더욱 허둥대며 결국 울상을 지었다.

"얘… 얘야."

결코 이대로 보낼 순 없는 하나뿐인 핏줄. 꼬장꼬장한 자세에서 결국 스스로 무너진 그녀였다.

"할미가… 잘못했다. 하, 할미와 밥이라도 먹고 가거라."

"할머니…….."

눈물이 그렁그렁한 반야의 애틋한 눈도 염설희를 향했다.

"할머니, 제발 궁 공자님을 핍박하지 말아주세요. 할아버지 돌아가신 뒤 아픈 저를 지금까지 돌봐주신 분이에요. 저는 할머니께서 그러시는 게 너무 슬퍼요."

"그래그래, 그러지 않으마."

"할머니, 흑흑."

"어이구, 내 새끼. 이리 오너라. 어디 한 번 품어보자. 그동안 네가 얼마나 보고 싶었는지 아느냐."

염설희가 팔을 벌리자 그제야 반야가 그녀의 품으로 걸어가서 안겼다.

그동안 반야를 묶어둔 궁외수가 끝도 없이 미운 염설희였지만 염씨 가문의 하나뿐인 손녀 반야를 안고선 뜨거운 눈물을 흘리지 않을 수 없었다.

　　　　*　　　*　　　*

안계(岸溪).

완만한 언덕이 많아 그렇게 이름 붙여진 골짜기에 긴(?) 체구의 한 사람이 들어섰다.

와구와구 정신없이 음식을 먹느라 누군가 집 안으로 들어서는 것도 알아채지 못한 비연은 그가 묵직한 음성으로 기척을 던졌을 때에야 비로소 돌아보았다.

"누구냐, 넌?"

"……?"

입이 터질 듯이 음식을 물고 있던 조비연. 이곳에서 처음으로 나타난 낯선 이의 등장에 일단 입 안의 음식부터 허겁지겁 해결한 뒤 되물었다.

"영감님은 누구세요?"

한참이나 올려다봐야 할 만큼 흔히 볼 수 없는 우뚝 선 키. 백발(銀髮)에 백염(白髥). 보는 이로 하여금 눈이 반짝할 만큼 멋진 외형을 가진 늙은이였다.

"이놈, 내가 먼저 묻지 않았느냐."

우적우적, 쩝쩝.

"조비연인데요."

"조비연이 뭐하는 콩나물 대가린데?"

"코, 콩나물 대가… 리?"

음식을 채 삼키지도 못한 상태로 안면이 구겨진 비연. 즉각 콧방귀로 응수했다.

"글쎄요. 그러는 늙은 콩나물께선 누구신데요?"

"뭐야? 이런 고얀 놈. 어른을 대하는 말본새하고는."

"시비를 건 쪽은 어른 콩나물인데요."

"난 여기 사는 할망구의 친구인 양사신이라 한다."

"친구?"

비연의 눈초리가 삐딱하게 꺾여 돌아갔다.

"혹시 꿍쳐둔 애인은 아니시고?"

"이런?"

이번엔 노인의 인상이 걸레가 됐다.

"그런데 등에 멘 그건 뭐죠? 무기예요?"

비연이 노인이 두르고 있는 것에 관심을 보였다. 노인의 체형만큼이나 길쭉한 가죽 가방. 그 속에 든 것이 궁금한 비연은 그가 나타난 뒤부터 계속 힐끔거리고 있던 중이었다.

"그렇다."

"어떤 무긴데요?"

"창(槍)이다."

"창?"

눈을 껌뻑거리며 등에 두른 것을 다시 한 번 확인하는 비연. 창이라고 하기엔 그다지 길지 않아서 아마도 분리된 상태인가 보다라고 자기 혼자 지지고 볶았다.

그러다가 비연은 문득 두 눈을 부릅떴다. 머릿속에 섬전처럼 떠오른 이름 때문이었다.

"양사신?"

뒤늦게 이름의 주인을 알아차린 비연. 대번에 안색까지 허옇게 떠버릴 만큼 놀라서 벌떡 탁자에서 일어섰다.

"차, 창왕 양사신?"

"그렇다."

끄덕이는 고개를 보며 질색한 비연이었다. 비록 소혼천녀 이쌍년이란 이름은 몰랐어도 어찌 창왕 양사신이란 이름을 모를까. 사냥꾼 시절에 귀가 따갑도록 들었던 이름이었다.

낭왕 염치우처럼 혼자 무림을 종횡하며 무용담을 뿌리는 의협(義俠). 그리고 의천왕들 중의 일인. 비연은 양사신을 보고 또 확인했다.

"그런데… 생각보다 엄청……."

"말을 하려면 끝까지 해라. 생각보다 엄청, 뭐?"

"아니요, 그냥 엄청 늙은 오라버니시라고요."

"뭐야? 오라버니? 이런 어처구니없는 놈 같으니라고. 푸흐흐, 푸하하하하!"

양사신이 고개까지 젖히고 웃어댔다.

"고놈 참. 여기 집주인과는 무슨 관계냐? 당연히 핏줄은 아닐 테고."

"납치당한 사람인데요."

"무슨 소리냐. 납치라니?"
"다짜고짜 잡혀 와서 이러고 있어요."
"응?"
"저 좀 살려주실래요? 소혼천녀인지 소혼마귀인지 아주 사람을 잡으려고 들어요."
"……?"
무슨 말인지 알아듣지 못하는 양사신이 고개를 갸웃대며 비연을 재차 훑었다.
예쁜 외모인데 때와 먼지로 얼룩진 얼굴에다 너덜너덜 찢기고 헤진 옷가지. 그제야 양사신은 대충 감을 잡았다.
"혹시 그녀에게 무공을 배운단 뜻이냐?"
"네. 그것 땜에 아주 저를 못 잡아먹어서 안달이에요. 제발 저 좀 살려주세요, 네?"
정말 간절한 것처럼 두 손까지 모아 쥐고 최대한 불쌍한 표정을 해보이는 비연이었다.
양사신이 알아들었단 듯 고개를 주억대며 탁자 위 잔뜩 쌓인 음식들에 눈을 주었다.
"흠, 그녀가 전인을 구한 게로군."
"홍, 전인은 무슨!"
비연이 쌍심지를 치켜세우며 분개하자 양사신이 다시 웃음을 머금었다.
"후훗, 네 재주가 특별한 모양이다. 그녀가 자신의 무공을 전수할 생각까지 이른 것을 보면……."

 그때, 뒤쪽으로 난 문의 거적때기 가리개가 들춰지며 육중한 체구가 들어섰다.

 "웬 일이냐?"

 이쌍년을 본 양사신이 빙긋이 웃었다.

 "누이. 확인하러 왔소. 죽었는지 살았는지. 다행히 아직 멀쩡하구려. 죽었으면 거적에 둘둘 말아 계곡 한쪽에 던져 놓고 갈랬더니."

 "망할 놈. 헛소리 말고 가져온 술이나 내려놓아라."

 비연이 앉았던 음식이 쌓인 탁자가 아닌 구석자리 탁자로 가서 앉는 이쌍년.

 양사신이 걸음을 옮겨 끈으로 묶어 한손에 들고 있던 술 단지 두 개를 그녀 앞에 내려놓으며 웃었다.

 "호호, 축하하오. 드디어 누이의 도법을 이어줄 제자를 구했구려. 어디서 주웠소?"

 "저놈, 구암의 제자야."

 "예엣, 구암 선배의 제자?"

 눈망울이 휘둥그레지는 양사신이었다.

 "그럼 월령비도를 가졌다는 그 아이?"

 "그래, 그놈이지. 한데 그건 남에게 줘버렸대."

 "윽, 무슨 소리요? 월령비도를 남에게 주다니?"

 "몰라. 궁외수란 놈한테 줬대."

"궁… 외수? 가만, 들어본 듯한 이름인데?"

양사신의 눈초리가 날아와 붙어 있었지만 비연은 모른 척 다시 탁자 위 음식을 주워 먹는 데만 집중했다.

그때 양사신의 입꼬리가 길게 들려 올라갔다.

"오호라. 지금 세상을 시끌시끌하게 만들고 있는 그 녀석 이름이로군."

"아는 놈이냐?"

"흐흐, 오는 길에 들었소. 지금 무림맹으로 가고 있다고 세상이 온통 그 녀석 때문에 시끄럽더이다."

"무림맹……?"

이쌍년이 슬그머니 고개를 돌려 비연을 째려보았다.

같이 쳐다보는 양사신의 입꼬리도 더욱 길게 찢겨 올라갔다.

"흐흐흐, 한 번 가봅시다. 구암 선배의 유품을 찾아야 하지 않겠소? 그런 걸 남에게 맡겨놓을 수야. 흐흐."

그제야 비연이 홱 돌아보았다.

"안 돼요. 그를 내버려 둬요!"

"으잉, 반응이 격한걸. 혹시 그 녀석과 그렇고 그런 사이인 게냐?"

"아니에욧!"

울상의 비연. 강하게 부정했지만 노회한 양사신과 이쌍년의 눈초리를 벗어날 순 없었다.

"흐훗, 역시 격하구나."

"……."

말문이 막히는 비연.

반면 양사신의 비릿한 웃음은 점점 더 깊어졌다.

"흐흐, 재밌는 상황이군. 그러잖아도 어떤 녀석인지 확인해 보고 싶던 참인데 잘됐어. 누이, 마지막으로 세상 구경 한 번 합시다."

양사신의 손이 어느새 비연의 뒷덜미 옷자락을 움켜쥐고 있었다.

第六章

이별, 그리고……

사랑합니다. 사랑합니다.

―혼자 되뇔 수밖에 없는 말

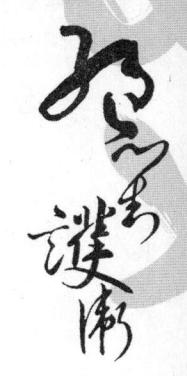

 섬서 편씨무가 내실.

 아들 무열을 데려와 침대 위에 눕혀놓은 편장우는 고통에 겨워 울부짖는 아들을 보며 가슴이 미어질 것 같았다.

 이제는 더 갈 것도 없다고, 이젠 다 끝낼 수 있다고 확신했던 간절한 바람이 이런 결과로 돌아올 줄이야.

 처참하고 암담했다. 비참함을 견딜 수 없었다.

 "끄으윽, 끄으……."

 무열의 신음. 온몸을 비틀어댈 정도로 고통스러워하는 아들이었다.

 "괘, 괜찮으냐?"

"아버지, 창자가 뒤틀려 끊어지는 것 같… 습니다. 하악, 허억. 혈맥도… 터질 것처럼… 요동치고. 으으으."

"견뎌야 한다. 이겨내야 해!"

"예, 아버지! 이겨낼 겁니다. 견뎌야지요. 으드득!"

질끈 감은 눈을 뜨지도 못하는 상태에서도 분노를 삭이지 못하는 편무열. 그는 몸보다 정신의 고통이 더 괴로웠다.

"이까짓 육신의 고통조차 굴복한다면 어찌 살 수 있겠습니까. 이겨낼 겁니다, 반드시! 크윽!"

"그래. 그래야지. 너라면 얼마든지 극복할 수 있을 것이다."

편장우의 대답은 어딘지 힘이 없었다.

"아버지, 죄송합니다. 제가 미욱한 탓에 아버지의 팔이……"

"난 괜찮다. 이까짓 팔 하나 잃은 것쯤이야 아무려면 어떠냐. 네가 있는데. 신경 쓸 필요 없다. 네 몸 추스르는 데 집중해."

편장우가 아들 무열을 위로하려 아무렇지 않은 척 말했으나 팔 하나가 잘려 불구가 된 심정이야 어찌 말로 다할까. 비통함을 억지로 누르고 있는 중이었다.

"그놈이 그처럼 강할 줄은 몰랐습니다."

"영마였어. 괴물이었기 때문이다. 그것이 우리에게 남은 마지막 희망이다. 그 때문에 놈에게 당했지만 걱정할 필요 없어. 지금까지 무림은 영마를 두고 본 적이 없었다. 놈의 상태를 알려 공분을 일으키면 무림의 표적이 될 것이고 결국 놈은 살아남을 수 없게 된다. 굳이 우리 손으로 처리할 필요조차 없어."

"아닙니다. 그놈은 반드시 제 손으로 죽이고 말겁니다."

"그럴 필요 없다니까. 영마의 본질을 보인 이상 우리 손을 거치지 않아도 제거되게 되어 있어."

"싫습니다. 누군가에게 졌다는 것, 견딜 수 없습니다. 반드시 갚고 말겠습니다. 구절신공을 십성, 아니 십이성까지 도달해 보이겠습니다."

"……."

"무왕 동방천처럼 수련하다 잘못되거나 죽어도 좋습니다. 누군가의 밑에 있다는 거, 참을 수 없습니다. 놈이 영마든 무엇이든 반드시 제 손으로 꺾고 말겠습니다. 으드득, 빠득!"

울분에 떠는 편무열.

편장우의 심정은 더욱 참담해졌다. 말릴 수가 없는 탓이다.

"우선 몸부터 추슬러라."

편장우가 일어났다. 계속 마주하고 있을 수가 없어서였다.

그러나 밖으로 나온 편장우는 대기하고 있던 이들을 마주하곤 더욱 심정이 초라해졌다.

청지기 영감을 비롯해 하인 몇몇뿐. 이 큰 장원에 고작 그

이별, 그리고…… 233

들이 전부라는 사실이 그를 더욱 비참하게 만들었다.

'젠장!'

속으로 울음을 삼키는 편장우. 이 지경이 되고나니 지금까지 산 삶에 얼핏 후회마저 들었다.

처음 칼을 들었을 때 무인으로서 대성하고 싶은 욕망이 컸다.

장사꾼 따위 사내가 할 것이 못된다며 동생 장엽과는 다른 길을 택했던 자신이었다. 등짐을 지고 동분서주하는 동생 편장엽을 보며 비웃기까지 했었다.

한데 이런 결과라니.

언제부터인가 편장우는 동생에게 열등감을 느끼기 시작했다.

만인의 칭송을 받는 천하제일상가, 십대부호 중에서도 으뜸이란 위상을 누리는 극월세가. 동생 편장엽의 위상이 점점 커질수록 자신은 더욱 초라하게 느껴졌었다.

혼신을 힘을 다해 노력했지만 어느 누구도 알아주지 않는 자신의 무가. 더욱이 세상으로부터 동생의 극월세가와 비교될 때면 그와 한 핏줄의 형이라는 사실조차 화가 날 지경이었다.

심지어 동생 덕분에 유지되는 가문이란 소리를 들을 때는 그 화를 참기가 힘들었다.

"으드득, 술을 내어 오너라!"

이를 갈며 마당으로 내려선 편장우가 정자가 있는 정원으로 향하다 하인들에게 던진 말이었다.
한데 청지기의 걱정하는 말이 그의 신경을 건드렸다.
"가주, 술보단 다치신 몸부터 어서 치료하시는 게 좋을 듯 싶습니다."
퍽!
편장우의 주먹이 쩔쩔 매며 뒤를 따르던 청지기의 안면을 사정없이 후려갈겼다.
그 바람에 청지기의 늙은 노구는 형편없는 꼴로 바닥을 뒹굴었다.
"네까짓 놈이 감히 내 말에 토를 달아? 병신이 되었다고 네놈조차 내가 우스워 보이는 것이냐?"
엄청난 자격지심, 당치 않는 화였다.
놀란 하인들이 무조건 굽신댔다.
"고, 고정하십시오. 서둘러 술을 내어 오겠습니다."
하인 하나가 허겁지겁 달려가고 나머진 청지기를 부축했다.
벌겋게 달아오른 두 눈을 부라린 채 감정을 다스리지 못하는 편장우. 그도 엉뚱한 화풀이임을 모르지 않았다.
도저히 받아들여지지 않는 참담한 현실. 자기와 무열이 부상을 당한 것은 둘째 치고, 스무 명의 무망살에다 곽추를 비롯해 오랜 가신이자 충복들이었던 이들마저 귀객으로 만들어

이별, 그리고······ 235

버린 실패가 그를 그렇게 만들어놓고 있었다.

정녕 이게 끝장일 수 있었다. 아들 무열이 금단의 구절신공을 연성하다가 잘못될 경우 어떡한단 말인가. 그땐 정말 그대로 끝나는 것이어서 그 불안함이 편장우의 상태를 더 치열하고 날카롭게 몰아세우고 있었다.

* * *

반야를 붙잡았지만 궁외수를 보는 염설희의 눈은 여전했다.

"극월세가를 노리는 흉수들 중에 십대부호가 끼어 있다는 말이 무슨 말이냐. 정녕 그것이 사실이냐?"

"그렇소."

연신 음식들이 내어져 오는 자리에서 염설희가 던진 말에 외수는 묵묵히 고개를 끄덕였다.

"어디냐?"

"……."

염설희의 기색을 살피는 외수.

"위지세가요."

믿기지 않는 듯 두 눈을 부릅뜨는 염설희.

"그들 말고도 더 있느냐?"

외수는 다시 한 번 고개를 끄덕였다.

"으음, 야욕을 갖고 있는 줄 알았지만 받아들여지지 않는 충격이로군. 편장엽도 그들이 죽인 것이냐?"

"직간접적으로 가담 또는 지원을 했을 것으로 보고 있소."

"정말 믿을 수가 없군. 하긴 위지세가 그들의 움직임과 기세가 수상쩍긴 했지. 거기다 다른 대상(大商) 가문도 가담하고 있다니. 내가 이 정돈데 편가연 그 아이가 안았을 충격은 상상도 할 수가 없군."

"……"

"어찌할 참이냐?"

외수는 대답하지 않았다. 시시와 반야, 그리고 다른 눈과 귀들도 있었기 때문이다.

하지만 염설희는 마주보는 외수의 눈빛에서 그의 의중을 대충 파악할 수 있었다.

"피바람이 불겠군. 무섭고 거대한 사건이야. 세상이 뒤집어질 수밖에 없겠어."

심각하게 쳐다보며 깊은 침음을 삼키는 염설희.

"반야는 두고 가라!"

뜻밖의 말에 외수가 그녀 옆에 앉은 반야를 응시했다.

시시도 당황해 염설희와 반야, 외수를 번갈아 쳐다보았다.

염설희가 말을 이었다.

"너무 위험하다. 앞도 못 보는 아이, 네가 지각이 있는 놈이라면 두고 가는 게 당연하다."

"……."

"너는 평생 피바람이 따라다닐 상이야. 치우 그 녀석보다 더해. 그런 자는 주변 사람들을 힘들게 만들고 견뎌내지 못하게 만든다. 결국엔 피붙이 하나 없이 혼자가 되는 게 그런 놈들이야. 대부분이 다 그렇다. 무위로 숭앙받는 놈들 중에 그렇지 않은 인간이 없어. 반야는 여기 두고 가라."

외수가 대답을 못하고 듣고만 있을 때 반야가 조용히 입을 열었다.

"할머니, 그건 제가 결정할 문제 같아요. 나중에 저와 따로 얘기해요. 궁 공자님을 곤란하게 하지 마세요."

"음……."

염설희가 더 다그쳐가지 못하고 반야만 마주보았다.

*　　*　　*

염설희의 방.

대부호의 내실답게 무척 크고 넓기는 했으나 염설희의 성품을 나타내듯 화려함과는 다소 거리가 멀게 느껴지는 방이었다.

반야를 데리고 들어와 찻잔을 두고 창가에 마주 앉은 염설희는 반야의 얼굴에서 눈을 떼지 못했다.

죽은 제 아비 어미를 닮아 여리고 착하기만 한 아이. 눈에

넣고 다녀도 아프지 않을 하나뿐인 손녀.

그녀가 혼자 고생하는 것이 계속 마음 아픈 염설희였다.

"어찌 하려느냐. 나는 네가 여기서 할미와 같이 지냈으면 좋겠다만?"

"할머니, 궁 공자님은 좋은 분이에요."

"그 얘기가 아니지 않느냐. 그놈 얘기는 배제하고 말했으면 한다."

궁외수의 이름이 나오자 바로 인상이 일그러지는 염설희.

하지만 반야는 살포시 웃음을 지었다.

"그럴 수 없어요, 할머니. 그는 이미 저의 많은 부분을 차지하고 있는 사람인걸요."

"뭐야?"

"그와 같이 가겠어요. 허락해 주세요, 할머니."

"……."

염설희의 놀란 눈이 뚫어져라 반야를 응시했다.

"그, 그 녀석을 사랑하는 것이냐?"

반야의 어여쁜 미소가 더 길어졌다.

"호호, 네."

"이런, 어쩌자고……."

"그와 같이 있고 싶어요. 앞을 볼 수 있게 될 때까지 만이라도."

"그렇지만 너무 위험하잖느냐. 녀석은 지금부터 피의 폭풍

속을 걸어야 해. 그런 녀석을 따라가서 어쩌자는 것이냐."

"그런 건 상관하지 않아요. 그런 순간조차 그의 곁에 있는 것이 좋은걸요."

"……."

염설희는 말문이 막혔다. 약간은 그럴지도 모른다고 눈치를 채고 있었지만 이 정도일 줄은.

"어, 언제부터… 냐?"

"처음 만난 날부터 그랬어요. 그가 절 구해주던 그날부터."

"어디가 좋아서?"

"자상했어요. 겉으로 보이는 행동과는 달리 그렇게 따뜻할 수가 없었어요."

"수작이다!"

"호호. 아니에요, 할머니. 다른 이의 기운을 누구보다도 잘 읽은 제가 본심인지 수작인지 구분도 못 하겠어요? 그가 수작을 부리지 않는 사람인 건 아니지만 그럴 땐 더욱 표가 나는 사람이에요."

"이런, 네가 푹 빠졌구나."

"맞아요. 그러니 그와 함께 있게 해주세요."

"어쩌려고 그래? 그 녀석은 이미 천하가 다 아는 편가연의 짝인데?"

"그때까지 만이에요. 그 후엔 할머니께로 와서 같이 살게요."

"이런 어처구니없는 녀석 같으니라고. 그때까지 네가 무사하단 보장이 어디 있느냐. 할미는 불안해서 살 수가 없다."

"호호, 그가 절 잘 보살펴줄 거예요."

"세상에 천하무적이란 없다. 누구라도 칼을 맞으면 다치고 죽게 돼. 하지만 그것 때문만이 아니라 네 불안하기 짝이 없는 그 감정 때문에라도 이 할미는 말려야겠구나."

"할머니, 그럼 제가 슬퍼질 거예요. 제 행복한 시간을 빼앗지 말아주세요. 설령 그가 잘못 되는 일이 발생하더라도 반드시 그의 곁에 있고 싶어요. 그러지 않으면 오히려 견디기 힘들 거예요."

"나중엔 더 견디기 힘들지 모른다."

"모든 것이 그를 사랑한 제 몫인걸요. 그때의 아픔도 스스로 감수할게요."

"이런 바보 같은 녀석. 어쩌다가……. 하필이면 그놈이라니."

"죄송해요, 할머니. 용서하세요."

반야가 더듬더듬 염설희의 손을 잡아갔다.

지금껏 애써 웃음을 짓고 있던 반야. 그녀의 뺨에 눈물이 또르르 흘렀다.

그녀를 보는 염설희의 두 눈도 벌겋게 달아올랐다.

"이런 바보 같은 녀석……."

달빛이 가득한 뜰이었다.
자신의 침소에서 나와 노대 위 기다란 의자에 몸을 묻은 외수.
이 시간이면 최근 매달리던 연공을 하고 있어야 할 그였지만 오랜 시간 의자에 앉아 그 어떤 움직임도 없이 턱을 괸 채 꼼짝도 하지 않았다.
마음이 복잡한 그였다.
무림맹으로 향하던 길. 이렇게 넋을 놓고 있을 수 없었다. 한시라도 빨리 극월세가 문제를 해결하는 게 반야를 비롯해 모두를 위해 좋은 일이었다.
외수의 방 잠자리를 손보고 나온 시시는 혼자 고뇌에 빠져 있는 외수 때문에 뒤에 서서 한참이나 안타깝게 지켜보고 있었다.
그가 짊어진 짐. 그 모두를 자기가 씌운 듯해 더욱 마음이 아렸다.
그를 곤양에서 데리고 나오지 않았더라면…….
"공자님……."
결국 시시가 외수 곁으로 다가섰다.
외수가 괴고 있던 손에서 얼굴만 살짝 떼었을 뿐 반응하지 않았다.
"왜 이러고 계세요?"
"……."

"마음이 불편하세요?"

말이 없는 외수.

"기분 전환할 수 있게 달콤한 차라도 준비해 드릴까요?"

거듭되는 시시의 조심스런 물음에도 외수는 변화가 없었다.

"잠깐만 기다리세요."

어쩔 수 없이 시시가 돌아섰다. 차를 달이러 가는 그녀였다.

하지만 그제야 외수의 목소리가 그녀의 발길을 붙들었다.

"능… 소……."

"……?"

놀란 시시.

"가지 말고 있어. 네가 필요해."

"……?"

가지런히 모은 시시의 손목을 외수의 손이 와서 움켜쥐었다. 그 바람에 시시는 또 한 번 움찔했으나 외수의 시선은 여전히 뜨락의 달빛을 향하고 있을 뿐이었다.

"울적하군. …아프고."

흐르는 듯 읊조리는 낮은 목소리.

"반야 아가씨와 염설희 가주님 때문인가요?"

"……."

"제가 무얼 하면 될까요? 할 수 있는 것을 말씀해 주세요."

"그냥 가만히… 아니!"

나직이 지껄이던 외수가 갑자기 벌떡 일어섰다. 그리곤 와락 시시를 끌어안아 버리는 외수.

"읍!"

힘뿐인 강한 두 팔에 휘어 감긴 시시의 몸뚱이.

실버들처럼 가녀린 그녀의 몸이라 외수의 칭칭 휘감은 두 팔은 더 강인해 보였다.

"고, 공자님……?"

"네가 있어 다행이야. 어느 순간에도."

"무, 무슨 말씀이신지……."

"떠나자."

"네?"

"행낭을 챙겨와."

"……?"

꽉 조여 안긴 채 꼼짝도 할 수 없는 시시는 어리둥절했다. 하지만 그의 뜻을 헤아릴 수 있을 것 같았다.

"고, 공자님, 놔주셔야……."

외수는 바로 시시를 풀어주지 않았다. 시시의 몸에서 느껴지는 부드러운 감촉들이 처연했던 감정들을 씻어 내리며 묘한 행복감을 주었기 때문이다.

"공… 자님……."

시시가 다시 난처해했을 때 외수는 그제야 서서히 팔의 힘을 뺐다.

시시를 놓아주고 표정 없이 내려다보는 외수.

하지만 시시는 외수를 똑바로 볼 수가 없었다.

"행낭, 챙겨서 나올게요."

아무렇지 않은 듯 행동하려 애를 쓰는 시시. 그렇지만 돌아서 반으로 향하는 그녀의 걸음걸이는 그 때문에 더 어색하기만 했다.

그녀가 안으로 사라지자 외수는 옆에 놓인 작은 탁자를 응시했다.

그리곤 문득 검을 뽑아 시시 덕분에 쓸 수 있게 된 글자들 중 두 자를 새겼다.

재래(再來)…….

다시 오겠단 뜻.

외수가 검을 거두고 물끄러미 내려다보고 있을 때 시시가 행낭꾸러미를 챙겨 들고 나왔다.

"공자님, 정말 지금 떠나실 건가요? 반야 아가씨와 빙궁 일행은 어쩌구요? 인사라도 하고 가야……?"

와락.

다가서는 시시의 허리를 품는 외수. 그리곤 곧바로 솟구쳤다.

시시가 놀랄 틈도 없었다. 한 손으로 그녀를 껴안은 외수의 신형은 어느새 지붕 기왓장을 박차더니 반대편 담장을 향해 날아가고 있었다.

　밤 깊은 시간의 보성염가에선 두 사람이 떠나는 걸 누구도 알아차리지 못했다.

　극월세가와 달리 삼엄한 경계가 필요치 않은 곳. 그저 도둑이나 감시하는 수준의 경계만 이루어지는 곳이다 보니 떠나는 외수의 움직임을 알아챌 수 없었던 것이다.

　하지만 다음 날 아침 난리가 남아 있었다.

　무서운 속도로 어둠 속을 질주해 온 외수는 약 반 시진가량 달려온 뒤에야 비로소 속도를 줄여 시시를 내려놓았다.

　"괜찮아?"

　"네."

　"쉬어갈 수 없어. 괜찮겠어?"

　"네."

　"그럼 산길이니까 조심해 따라 걸어."

　"……."

　앞서 천천히 걷는 외수. 하지만 시시의 손목을 꼭 붙든 채였다.

　굉장히 크고 무성한 소나무들이 우거진 길. 시시는 한 번 꼼지락거려 보지도 못하고 그대로 손목을 빼앗긴 채 따라 걸어야만 했다.

　"공자님, 궁금한 게 있어요."

"왜 이렇게 떠나는 것이냐고?"

"네. 반야 아가씨께서 몹시 슬퍼하실 텐데요?"

외수가 앞쪽에만 시선을 두고 묵묵히 대꾸했다.

"염 가주의 말이 맞아. 그녀의 안전을 위해서야. 난 칼에 둘러싸인 놈이고, 언제 폭발할지 모를 마기(魔氣)까지 가진 사람이야. 한 사람이라도 나의 위험에서 멀어질 수 있다면 그게 나아."

"그렇지만 말도 없이 떠나온 건……."

"……."

묵묵한 외수.

시시도 말을 이어가지 못했다. 마주보고 말했을 때 반야가 흘리는 눈물을 외수가 두고 보지 못했을 것이란 건 굳이 생각해 보지 않아도 알 수 있는 일이었기 때문이었다.

외수가 다시 뇌까렸다.

"차라리 이렇게 떠나는 게 그녀에게도 나을 거야."

"그럼 이대로 반야 아가씨와 빙궁 일행과는 이별인가요?"

"아니. 어찌 그럴 수 있겠어. 난 약속을 헌신짝처럼 버리는 인간이 아니야. 반야는 세가의 일이 해결되면 그때 다시 찾아갈 거야. 그때까지 만이야. 그리고 빙궁은… 훗! 그녀들은 내 목적지를 알고 있으니 분명 쫓아오겠지."

"그렇군요. 다행이긴 한데 쪽지라도 남기고 왔더라면……."

"써놓고 왔어."

"그랬어요? 정말요?"

"그래. 너 덕분에 알게 된 글자, 써놓고 왔어."

"다행에요, 정말!"

"왜 그렇게 좋아해? 그런데 타고 갈 말이 없어서 어떡해? 한동안 걸어야 될 텐데, 차라리 안고 갈까?"

시시가 얼른 손을 내저었다.

"아, 아니에요. 걸을 수 있어요. 걱정 마세요."

"조금이라도 아프면 말해. 업고라도 갈 테니. 그런데 왜 그렇게 꽁무닐 빼고 따라 걸어? 넘어지면 어쩌려고?"

"괘, 괜찮아요."

"괜찮긴. 바짝 붙어서 걸어. 너 겁 많잖아. 이 어둡고 으슥한 곳에서 무언가 튀어나와 엉덩이라도 콱 물어버리면 어쩌려고 그래?"

"......!"

외수의 말에 눈이 동그래진 시시가 슬그머니 숲의 시커먼 어둠을 돌아보았다. 그런데 하필이면 그때 돌출된 나무뿌리에 발이 걸려 시시는 균형을 잃고 휘청거렸다.

"거봐!"

앞으로 엎어지는 시시. 다행히 손목을 잡고 있던 외수가 붙들어 쓰러지진 않았으나 시시는 혼났다는 듯 식은땀을 쏟았다.

"이리와."

외수가 당기자 그제야 붙어선 시시.

정말 겁이 많은 시시였다. 특히 산짐승 따위에.

장난처럼 던진 말 한마디에 바짝 얼어 그 실수를 해놓고도, 외수의 팔에 달라붙듯이 껴안고 따라 걸으면서도 그녀는 연신 어둠뿐인 주변을 힐끔거렸다.

"씨, 공자님 때문이에요. 미워요."

시시는 칭얼대었지만 조금씩 안정이 되어가는 것을 느꼈다.

손을 꼭 잡고 묵묵히 걸어가는 외수.

시시는 잠시 잡힌 손을 내려다보았다가 힐끔 외수를 올려다보았다.

그처럼 든든할 수가 없었다. 정말 엉덩이를 물려고 호랑이가 튀어나와도 주먹 한 방에 쫓아버릴 것 같은 사내.

시시는 마치 그의 아내가 되어 나란히 손을 잡고 걷는 것 같은 기분에 샐쭉이 한쪽으로 샐그러지는 목덜미를 붉혔다.

* * *

다음 날 아침.

반야는 넋을 놓았다. 궁외수와 시시가 떠난 것 같단 말을 전해 듣고 난 뒤부터였다.

외수가 새겨놓은 탁자 위 두 글자를 더듬어보는 반야.

다시 오겠단 뚜렷한 글자를 확인한 반야는 왈칵 눈물이 솟구쳐 얼굴을 감싸 쥐었다.

"흠, 생각이 없는 녀석은 아니었군."

궁외수가 사라지고 없단 보고를 받고 반야와 같이 달려와 있던 염설희의 말.

반야의 울음은 더 커졌다.

"흐흑, 흑흑흑."

"불쌍한 녀석……."

염설희가 안쓰럽게 쳐다보는 그때 반야는 주저앉고 말았다.

"이리 오너라. 방으로 들어가자. 너를 버린 게 아니라 다시 온다고 하지 않았느냐."

염설희가 부축해 일으키며 위로를 했지만 반야는 감싼 얼굴에서 손을 떼지 않았고 울음도 그치지 못했다.

한데 그것이 전부가 아니었다. 반야의 충격과 상심은 예상보다 훨씬 컸다.

그때부터 식음을 전폐해 버린 것은 물론 어떤 말도 하지 않았고, 계속 울기만 하거나 넋을 놓고 멍하니 앉아 있는 게 전부였다.

처음에 염설희는 그녀를 그대로 내버려 두었다. 하루 이틀 그러다 진정이 되겠지 싶어서였다. 그런데 이틀이 지나고 사흘이 지나도 반야는 그대로여서 염설희의 속을 태웠다.

완전히 넋이 나가 실성한 것 같은 그녀.

염설희가 달래도 보고 윽박질러 보기도 했지만 반야는 조금도 나아지지 않았다.

오로지 제 방에 박혀 울고 있거나 아니면 궁외수가 다시 오겠단 글을 새겨놓고 간 탁자 앞에 하루 종일 멍하니 앉아 있는 게 전부였다.

그러면서 반야의 얼굴은 하루가 다르게 수척해져 갔다.

그렇게 나흘째 되던 날. 그녀는 어김없이 외수가 떠난 자리에 나와 앉아 있었고, 그녀에 대한 걱정을 떨칠 수 없는 염설희가 뒤에서 발을 구르며 지켜보고 있었다.

"저 아이를 어떡한다?"

염설희의 뇌까림에 같이 나와 있던 초묵연이 차마 보지 못하겠단 듯 대꾸했다.

"안되겠습니다. 억지로라도 먹여야지 저 상태론 곧 쓰러지실 겁니다."

"하지만 어떻게. 아예 식탁에 앉지도 않는걸."

"그러니까 강제로라도 먹여야지요. 저 약한 몸이 얼마나 견딜 것 같습니까?"

"음, 알았다. 그리하자."

염설희는 즉시 시녀들에게 음식을 준비하라 이르고 초묵연으로 하여금 반야를 방으로 데려오라 명했다.

"아가씨!"

 반야 옆에 다가간 초묵연이 조심스레 그녀를 불렀다.

 하지만 돌려지지 않는 고개.

 "아가씨, 뭘 좀 드셔야 합니다. 방으로 모시겠습니다. 들어가시죠."

 대꾸가 있을 리 없다. 전혀 듣지 못하는 사람처럼 멍한 시선만 멀리 던지고 있을 뿐이었다.

 "이리고 계시다간 궁외수 그가 돌아오기도 전에 먼저 잘못되실 수 있습니다. 일어나십시오. 제가 그에게 기별을 해서 바로 돌아올 수 있도록 하겠습니다."

 "……."

 유혹될 수 있는 감언까지 동원한 초무연의 절실함이었으나 변화가 없는 반야.

 어쩔 수 없이 초묵연은 강제력을 동원했다.

 "죄송합니다, 아가씨! 더 두고 볼 수가 없습니다."

 초묵연이 한 번에 반야를 달랑 안아 들었다.

 기력이 없는 것인지 어떤 저항도 하지 않는 반야. 다만 다시 눈물이 터져 두 손으로 얼굴을 가리고 흐느낄 뿐이었다.

 온갖 진미가 차려진 반야의 방.

 염설희가 보는 가운데 반야는 초묵연에 의해 식탁 앞에 앉혀졌고, 그녀는 여전히 눈물이 그렁그렁한 채 넋을 놓고 있었다.

"아가씨, 드십시오."

초묵연에 이어 염설희도 간절함을 더했다.

"애야. 할미 죽는 꼴 보고 싶은 것이냐. 제발 조금이라도 먹으렴."

"……."

"아가씨, 어찌 이러십니까? 아가씨를 두고 먼저 가신 부모님과 할아버지를 생각하십시오. 그분들 심정이 어떠하겠습니까. 제발, 아가씨!"

애원하듯 하는 초묵연이었으나 반야의 반응은 똑같았다.

그러자 염설희가 노화를 터트렸다.

"됐다. 같이 죽자. 이런 꼴 보이려고 할미에게 왔느냐? 너로 인해 세가 일마저 모든 게 정지 상태다. 죽든지 말든지 맘대로 해라. 오늘부터 나도 너 따라서 아무것도 먹지 않겠다."

회유와 협박. 그런데 그런 것들이 통한 것일까? 아니면 귀찮아서일까. 꼼짝도 안 할 것 같던 반야의 입술이 비로소 달싹였다.

"알겠어요. 먹을게요. 모두 나가 계세요."

"그, 그럴 테냐? 어서 먹거라. 네가 수저 드는 걸 보고 나가마."

"……."

대번에 환희로 번뜩이는 염설희의 표정.

우두커니 고개를 떨구고 있던 반야가 어쩔 수 없단 듯 젓가락을 집었다.
"그래그래, 어서, 어서."
염설희의 손짓이 더 없이 간절했다.
앞이 보이지 않는 그녀를 배려해 일부러 크고 우묵한 접시에 담은 음식을 반야는 더듬더듬 한 젓가락 집어 입으로 가져갔다.
그러자 염설희의 얼굴이 비로소 활짝 펴졌다.
"그래, 그렇게 먹으니 이제야 할미도 살 것 같구나. 어찌 그리 할미의 속을 썩이누. 그러잖아도 허약한 녀석이."
"이제 모두 나가주세요. 혼자 있고 싶어요."
"그래, 알았다. 남기지 말고 천천히 모두 먹어야 한다. 잠시 후 다시 오마."
염설희는 반야의 마음이 변할까봐 초묵연과 같이 얼른 밖으로 나갔다.
그러나 반야는 두 사람이 나간 뒤 다시 젓가락을 내려놓고 우두커니 넋을 놓았다.

"어떻게 되었느냐?"
"반 접시도 못 드셨습니다."
반야의 상태를 알리는 시녀의 대답에 염설희의 인상이 찌푸려졌다.
초묵연이 거들었다.

"그래도 조금이라도 드셨다는 게 다행입니다."
고개를 끄덕여 못마땅한 동의를 하는 염설희.
"지금 어찌하고 있느냐?"
"다시 뒤뜰에 나가 앉아 계십니다."
"어쩔 수 없군. 시간이 해결해 줄 테지. 오늘은 일단 놔두어라. 음식은 항상 준비해 차려놓고."
"그러겠습니다, 가주님."
시녀가 물러나자 염설희는 화를 토했다.
"망할. 그딴 녀석이 어디가 좋다고."
초묵연이 슬며시 미소를 지으며 설레설레 고개를 저었다.
"저하곤 생각이 다르시군요. 저는 아가씨께서 사내를 아주 제대로 골랐다고 생각했는데."
"뭐야?"
비딱하게 돌려지는 염설희의 고개.
"후후, 무인을 싫어하는 가주님 마음이야 알지만 그게 아니더라도 상당히 괜찮은 청년 같았습니다만. 어쩌면 천하의 보성염가와 극월세가가 한 청년을 놓고 싸우는 일이 벌어질 수도 있겠군요. 쟁탈전 같은 거. 후후."
"시끄러! 쟁탈전 같은 소리하고 있네. 내 눈에 흙이 들어가기 전엔 그런 일 절대로 없어!"
염설희가 악을 쓰며 부정했지만 초묵연의 입가 미소는 슬금슬금 더 기어 올라가고 있었다.

그런데 그날 밤. 두 사람은 전혀 짐작도 못한 사달이 나고 말았다.

어둠이 내려서는 뜰.

안내하는 시녀도 없이 혼자 방에서 나와 더듬더듬 어김없이 같은 자리를 찾아 우두커니 앉은 반야.

그녀는 마치 깔려오는 어둠을 보고 있기라도 한 듯이 먼 시선을 던지고 있다가 또르르 눈물을 떨어뜨렸다.

"그렇게 가버리다니. 내가 싫으셨던 걸까. 흑흑."

흐르는 눈물을 훔칠 생각도 없이 앉은 반야. 더욱 처량하고 구슬퍼지는 그녀의 눈물이었다.

"흑흑, 그래. 내가 거추장스러웠던 거야. 나 같은 거 좋아할 리가 없잖아. 부담만 되었던 거겠지. 그러니 버리고 갔겠지. 흐흐흑."

반야는 결국 탁자에 엎어졌다.

"흑흑, 흑흑, 미워. 이 따위 글이라니, 믿지 않아. 다시 돌아오지 않을 거야."

반야는 엎드린 채 손 끝에 닿는 탁자의 글귀를 쓰다듬었다.

슬픔을 이길 수 없는 그녀였다. 버려졌단 생각에.

"날 조금도 생각하지 않았던 걸까. 날 조금도 좋아하지 않았던 걸까? 흑흑흑."

이 순간 할아버지 낭왕이 떠올라 더욱 괴로운 반야였다.

"보고 싶어요. 할아버지……."

엎어진 반야는 하염없이 눈물만 쏟았다.

그렇게 안타까운 시간이 흐르고 있을 때, 울음에 지친 반야가 설핏 잠이 들려고 하는 그때, 뜻밖에도 느러터진 움직임 하나가 슬금슬금 그녀 곁으로 다가섰다.

그 미세한 기척에 반야가 슬그머니 고개를 들었다.

그리고 놀란 듯 휘둥그런 눈으로 앞에 나타난 것(?)을 인지했다.

"짝귀!"

자신도 모르게 소리를 친 반야.

틀림없었다. 궁뇌천이 선물이라고 한 그의 당나귀 짝귀였다.

"짜, 짝귀 대협이 여길 어떻게……?"

벌떡 일어서 주위를 두리번거리는 반야. 다른 기척이 있는지 확인하려는 거였다.

다행히 다른 사람의 기운은 느껴지지 않았고, 반야는 감격에 벅찼다.

짝귀는 떠나지 않고 자기 곁에 남아주었다는 생각.

다른 말들과 마구간에 있었을 테니 당연한 것이었지만 이렇게 이 순간 자기 곁에 찾아와 주었다는 게 놀랍고 기뻤다.

"짝귀 대협!"

반야는 탁자가 놓인 노대에서 내려서 짝귀의 허연 주둥이와 머리를 안고 쓰다듬었다.
 "그래, 너는 보통 당나귀가 아니라고 했었지?"
 반야는 위험한 생각을 하고 있었다. 그리고 그 생각을 즉각 실행했다.
 "짝귀, 날 공자님께 데려다줄 수 있겠어? 어때? 할 수 있어?"
 마치 사람과 대화하듯 짝귀를 보채는 반야.
 그런데 놀랍게도 반야의 말에 짝귀가 반응했다. 반야의 겨드랑이와 다리에 주둥이와 머릴 디밀고 비비대는 짝귀였다.
 "어머, 어서 가자고? 알았어, 알았어!"
 망설일 까닭이 없는 반야. 그녀는 주저 않고 짝귀의 등에 엉금엉금 기어올랐다.
 "들키지 않고 조심조심 나가야 해?"
 푸륵.
 알아들었다는 듯 고개를 흔드는 짝귀.
 올라앉은 반야의 입가에 미소가 번졌다.
 "그래, 가자. 날 공자님께 데려다줘. 어서!"
 밤야의 마음을 아는 듯 움직이는 짝귀. 그는(?) 정말 주변의 눈치를 살피듯 조심스럽게 한 걸음씩 나아갔다.
 하지만 솟구쳐 날아가지 않는 한 정문의 눈들을 피할 순 없었다.
 "엇?"

반야를 확인한 정문 위사들이 바로 달려왔다.
"아가씨, 반야 아가씨 아니십니까. 이 시간에 어찌 나귀를……?"
"잠깐 나갔다 올게요. 볼일이 있어서."
반야가 차분하게 응대했지만 놀란 위사들의 표정은 어림없단 듯 고개를 저어댔다.
"안됩니다. 혼자 어딜 가시겠다고. 가주께 말씀드릴 테니 지금은 일단 들어가십시오."
"비켜주세요. 잠시면 돼요."
"아이고, 경을 칠 일입니다. 절대 안 됩니다. 어서 들어가십시오. 굳이 나가시겠다면 저희들이 따르며 모시겠습니다."
"……."
울상을 하고 위사들을 보는 반야. 여기서 포기할 수 없는 그녀였다.
"짝귀, 부탁해! 달려!"
반야의 갑작스런 행동에 위사들이 기겁했다.
"안 됩니다, 아가씨!"
막아서는 위사들. 하지만 치고나가는 짝귀를 그들이 세울 순 없었다. 잘못해서 반야가 떨어지기라도 한다면 그게 더욱 큰일이었기 때문이다.
다다다다……!
짝귀의 내닫는 힘과 속도는 장난이 아니었다. 마치 미친 들소처럼 질주하는 당나귀. 절대 작은 덩치의 당나귀 같지 않았다.

반야는 그런 짝귀의 등에 떨어지지 않으려 납작 엎드려 단단히 붙잡았다.

"아가씨, 아가씨?"

순식간에 정문을 빠져나가는 짝귀와 반야. 위사들이 쫓으며 이리저리 날뛰었지만 걸음만으로 둘을 따라가기엔 어림도 없는 일이었다.

정문에서의 그 난리는 즉각 염설희에게 보고되었다.

"뭐야? 그 아이가 어딜 가?"

"나, 나귀를 타고 정문을 빠져나가셨습니다."

"나귀라니?"

염설희의 표정이 가관이었다.

"오실 때 타고 오셨던……"

"그게 말이 돼? 그 아이가 나귀 있는 곳엘 어떻게 갔으며 정문에서 막지 못했다는 게 말이 되냐고?"

"그, 그게 당최 나귀 같지 않아서… 말보다 더 힘이 세고 빨랐던 터라……"

보고하는 자가 기를 펴지 못했다.

"이런 멍청이들! 앞도 못 보는 아이를 나가게 해서 어쩌겠단 것이야? 당장 쫓아가 데려오지 못해?"

"쪼, 쫓고 있습니다. 조를 이뤄 모든 방향으로 쫓아가 모셔오라 했습니다."

"으으……."

분을 삼키지 못하는 염설희. 그녀는 즉각 초묵연을 비롯한 자신의 호위들에게 소리쳤다.

"너희들이 쫓아가! 털끝 하나 다치지 않게 안전하게 데려와! 만약 잘못되면 너희들도 다 죽을 줄 알아!"

"알겠습니다. 무슨 일이 있어도 안전하게 모셔오겠습니다."

초묵연이 수하들과 즉시 염설희 방을 나섰다.

그러나 세상에서 가장 끔찍한 인간 궁뇌천의 수작으로 특별한 능력을 갖게 된 짝귀의 재주를 아는 자가 없다는 게 그들에겐 불행이었다.

* * *

반야가 탈출한 걸 알 리가 없는 외수와 시시.

"죄송합니다요, 손님. 오늘따라 방이 다 차버렸네요."

애써 찾은 객잔의 점소이가 한 말에 외수와 시시의 표정이 구겨졌다.

어쩔 것인가. 방이 다 찼다는데. 작은 마을이라 다른 객잔이 있을 것 같지도 않고 노숙을 할 만한 마땅한 곳도 보이지 않아서 두 사람은 어쩔 수 없이 다시 걷는 수밖에 없었다.

한데 노숙할 만한 곳을 찾아 마을을 벗어날 즈음 빗방울이 떨어지기 시작했다.

어둠을 뚫고 떨어지기 시작한 비는 이내 굵어지더니 세상을 집어 삼킬 듯한 소리를 내며 순식간에 대지를 적시기 시작했다.

"이런!"

겨울을 끝내는 비치곤 적지 않은 비였다. 시시의 손을 붙들고 바쁘게 뛰어가던 외수는 어쩔 수 없이 시시를 안았다. 그녀의 걸음에 비 피할 곳을 찾으려면 한참 걸릴 듯했기 때문이다.

시시를 품에 안은 외수는 보성염가를 떠날 때보다 더 빨리 어둠을 갈랐다.

"꽉 잡아. 힘들어!"

외수가 땅을 박찰 때마다 움찔움찔 놀라는 시시였다. 그녀는 하는 수 없이 외수의 목을 끌어안았다.

얼마나 달렸을까. 산자락이 가까워졌을 즈음 폐가인지 빈집인지 농가 하나가 보였다.

빈집이든 폐가든 어쨌든 비를 피할 수 있는 곳. 외수는 생각할 것도 없이 그리로 향했다.

버려진 집이었다. 폐가라고 하기엔 얼마 전까지 사람이 살았던 흔적이 적잖이 남아 있는 집. 아마도 주인이 다른 지역으로 이주를 했거나 아니면 혼자 살다 나이가 들어 죽게 되어 빈 집인 듯했다.

외수는 집안으로 들어서 시시를 내려놓으려다 머뭇댔다.

눈을 꼭 감고 폭 안겨 있는 시시. 무서웠던 것인지 아니면 추워서 그런 것인지 떨어질 줄 몰랐다.

비에 흠뻑 젖은 그녀. 외수 자신이라고 다를까.

외수는 비 때문에 드러난 시시의 가녀린 어깨 속살을 내려다보다 오들오들 떠는 그녀를 위해 즉시 진기를 운용했다.

시시의 몸 위로 뜨거운 기운이 대번에 확 일어났다.

여인의 감촉.

대개 여자의 옷이란 그저 얇고 부드럽게 마련. 비에 젖기까지 했으니 몸에 와 닿는 촉감이란 너무도 적나라하기만 했다.

외수가 움직이지 않는 것 알았을까. 시시가 깜짝 놀랐다.

"어머?"

화들짝 떨어지는 시시.

"죄, 죄송해요. 제가 정신을 놓고 있었나 봐요."

외수는 물러서는 그녀를 놔두고 서둘러 불을 지폈다.

방이라 할 수 있는 집 한가운데 피운 모닥불.

방 안이 불빛으로 일렁거렸고 그 바람에 시시의 젖은 몸매가 그대로 드러났다.

가슴이며 허리, 엉덩이. 착 달라붙은 옷에 비치는 속살의 선들. 거기다 외수의 선물(?)까지 선명하게 비쳤다.

이별, 그리고……

"어머나?"

시시가 뒤늦게 자신의 모습을 확인하고 가슴과 허벅지 사일 가렸다.

그러나 작은 손으로 뭘 가릴 수 있으랴. 더 요염한 모습만 보이는 꼴이었다.

모른 척 싱긋이 웃으며 딴청을 부리는 외수.

"이리와 앉아. 춥잖아."

불을 지필 땔감은 많았다. 집 안 아무것이나 떼어다가 태우면 그만이었고, 집 안에 피우는 불이라 크게 피우지 않아도 공기는 대번에 훈훈해졌다.

시시가 외수 눈치를 보며 슬금슬금 다가와 불 앞에 쪼그리고 앉았다.

빨간 속옷. 그리고 볼록 선이 드러난 가슴.

외수의 눈이 자꾸만 찢어졌다.

힐끔힐끔. 그 눈길을 시시가 모를까.

"공자님, 왜 자꾸 힐끔대요?"

"으응, 내가 뭘?"

"음흉해요!"

"또 시작이다. 비 뒤집어쓴 것도 내 탓이야?"

"어쨌든… 보지… 말아요."

"눈 감고 있을까?"

"네!"

단호한 시시.

외수가 인상을 썼다.

"알았어, 알았어. 너 쪽으로 눈 돌리지 않으면 되잖아."

"그러면서도 계속 보고 있잖아요? 흥!"

"알았다니까. 나 참."

아예 고개를 돌려 버리는 외수.

하지만 문제는 지금부터였다. 지저분한 방 안. 불 앞에 몸을 녹이고 옷을 말리던 시시는 금방 노곤해져 꾸벅꾸벅 졸기 시작했고, 침대는 하나뿐이었다.

第七章

바람을 몰고

가볍군.
술을 먹고 뻗어버린 여인을 안고 일어난 그가 중얼거린 말이었다.
낯설었다. 여인의 향기. 동살이하는 춘심이나 식당의 봄이 같은 애들과는 질적으로 다른 체취.
축 늘어져 뒤로 젖혀진 긴 목덜미와 뽀얀 살결.
여인을 안고 서서 잠시 내려다보던 그는 꿀꺽 마른침을 삼켰다.
떨렸다.
이런 촌구석과는 어울리지 않는 여인.
쪼옥—
그는 자기도 모르게 여인의 입술을 훔치고 말았다.

—궁외수 과거의 기억

"시시, 그렇게 졸지 말고 저기 올라가서 자."

외수가 쓰러질 것 같이 꾸벅대는 시시를 걱정하며 한쪽 구석의 침대를 가리켰다. 낡아빠지긴 했어도 지저분한 바닥보단 나았다.

"으음."

조는 사이 흐른 침을 닦는 시시.

"괜찮아요. 저는 나중에 바닥에서 자면 되니까 공자님께서 침대에서 주무셔요."

잠기운에 껌뻑껌뻑 웅얼대는 시시였다.

"괜찮다니까. 난 이 상태로 벽에 기대어 자도 되니까 올라

바람을 몰고 269

가서 편히 누워 자."
　시시는 감기는 눈을 비비다 흐느적흐느적 움직였다.
"그럼… 먼저 잘게요."
　기어가다시피 엉금엉금 침대로 올라가는 시시.
　행낭조차 모두 젖어버려 덮고 잘 것도 없어서 시시는 그냥 어깨를 감싼 채 맨몸으로 침대에 누웠다.
　어느 정도 한기가 가시긴 했어도 옷도 완전히 마르지 않은 상태. 외수를 뒤로 하고 옆으로 돌아누운 시시의 몸매는 더욱 누군가의 눈을 자극했다.
　'아름답군.'
　여자는 겉으로 야윈 듯 가냘파 보여도 벗겨놓으면 필요한 곳에 다 살집이 있는 법. 외수는 혼자 실실대며 김이 모락모락 피어나는 시시를 원 없이 감상했다.
　여전히 바깥의 비는 억수같이 쏟아지고 있었고, 궁외수의 포근하고 행복한 시간도 줄기차게 이어지고 있었다.

"으음……."
　손을 모으고 앉아 운기행공에 들어갔던 외수는 시시의 옅은 신음소리에 슬며시 눈을 떴다.
　꿈을 꾸는 것이라고 생각했다. 피워놓은 불이 약해지긴 했어도 불씨 때문에 집 안이 추운 건 아니어서 앓는 소리라곤 생각지 못했다.

몸을 바짝 웅크린 채 뒤척이며 외수 쪽으로 돌아눕는 시시. 그녀의 일그러진 얼굴을 본 외수는 그제야 시시의 상태가 좋지 않다는 걸 인지하고 가만히 일어나 다가섰다.

시시의 이마에 자신의 손등을 가져다 대어 보는 외수.

"이런, 몸살을 앓는 모양이군."

그럴 만했다. 지금까지 계속 걷기만 한 데다 그 차가운 비까지 흠뻑 맞았으니 여자의 몸으로 어찌 멀쩡할까. 거기다 아직 다 마르지 않은 젖은 옷까지.

외수는 즉시 허리띠를 풀고 자신의 겉옷을 벗어 시시를 덮어주었다. 불 앞에 앉아 운기행공을 하는 사이 뽀송뽀송하게 다 마른 자신의 옷이었다.

하지만 그것으론 모자라 외수는 침대에 걸터앉아 시시의 손과 어깨를 살며시 잡아갔다.

반야에게 해왔듯이 진기를 흘려주려는 것이었다.

츠츠츠츠······!

외수는 왜 그녀에게 진작 진지를 불어넣어 줄 생각을 못했는지 후회가 되었다.

온몸으로 따뜻한 기운이 휘돌자 찌푸려 있던 시시의 표정이 이내 펴졌다. 오히려 포근한 듯 살짝 미소를 지은 듯이도 보였다.

"······."

물끄러미 내려다보는 외수. 흐트러져 내려온 시시의 머리카락이 신경이 쓰여 잠시 진기 운용을 멈추고 그녀의 머리칼을 쓸어 넘겨주었다.

다시 몸을 웅크리는 시시. 진기를 흘려주던 걸 멈추자 다시 한기를 느끼는 모양이었다.

외수는 아예 침상으로 올라 마주 누웠다. 그리곤 가볍게 끌어안아 전신을 밀착시켰다.

그 상태로 다시 진기 운용을 시작하는 외수. 어깨를 감싼 손과 허리를 당긴 손을 통해 진기가 전해지자 시시의 몸은 이내 다시 더워졌고 호흡과 표정도 금방 편안해졌다.

턱밑에 두 손을 가지런히 모으고 잠이 든 시시.

"고생이 많군."

안쓰러운 그녀였다. 그러고 보면 처음 만나던 그때부터 줄곧 고생만 해온 그녀였다.

반야는 위험으로부터 떼어놓고 왔지만 어쩔 수가 없는 그녀의 처지. 외수는 더욱 포근히 품어주었다.

*　　*　　*

"짝귀, 여긴 어디지? 어디까진 온 거야?"

푸륵, 푸르륵.

묻는다고 대답을 들을 수 있는 것도 아닌데 짝귀의 등에서 반야는 계속 말을 건네었다.

꽤 오랫동안 달려왔으니 멀리 왔을 것이었다.

"공자님께 가까워졌을까?"

주위 상황에 귀를 기울이는 반야.

스스로 고생길을 자초한 그녀였다. 궁외수만 염원했던 탓에 생각도 없이 뛰쳐나와 버린 길.

당나귀 짝귀가 아무리 신통방통한 재주를 지녔다고 해도 그저 말을 할 수 없는 짐승일 뿐, 앞도 못 보는 그녀가 보호자도 없이 이런 모험을 강행한 건 무모한 일이었다.

그녀는 이 순간에도 대책 따윈 생각지 않았다. 오로지 궁외수를 만나겠단 일념뿐이었고 자기 앞에 펼쳐질 험악한 고생길을 조금도 짐작 못하고 있었다.

그리고 그 첫 번째 고생이 덮쳤다. 바로 외수와 시시를 덮쳤던 그 비였다.

후두둑. 후두둑.

"어머?"

짝귀가 움직이고 있는 곳은 산중이었다. 곧 산을 내려갈 테고 날이 밝겠지만 반야에겐 의미 없는 일. 그러잖아도 산속 찬바람에 추위를 느끼고 있던 터라 갑작스런 비는 반야를 더욱 당황케 했다.

"짝귀, 비를 피할 곳을 찾아야 해."

반야가 의지할 수 있는 유일한 동행. 다행히 짝귀가 또다시 달리기 시작했다.

폭우와 어둠을 뚫고 산을 내려와 마을에 도착했을 땐 그나마 다행히 날이 밝아 있었고 비도 그쳐 있었다.
하지만 반야는 오랫동안 차가운 비를 맞았고 전신이 엄습한 오한으로 인해 바들바들 떨고 있었다.
"어서 오십시오, 손님."
누군가의 목소리에 반야가 웅크리고 있던 고개를 들었다.
"저런, 비를 그대로 맞으신 모양이군요. 어서 안으로 드십시오."
짝귀가 멈춘 곳. 반야는 바로 객잔 앞이라는 걸 알아차렸고 무의식적으로 내리려 했다. 쉬어야 했기 때문이다. 따뜻한 국물이 몹시도 간절한 그녀였다.
하지만 내리려던 반야는 자기에게 돈이 없다는 걸 깨닫곤 바로 멈칫했다. 생각도 않고 달려 나온 탓에 그런 것이 있을 리 만무했다.
다시 몸을 움츠린 반야.
"짝귀, 아니야. 그냥 가야 해."
어쩔 수가 없었다.
그런데 짝귀가 꼼짝도 하지 않았다.
"……?"
반야가 곤란해 하고 있을 때 객잔 주인으로 느껴지는 이가 말했다.
"어이쿠, 아가씨. 입술이 새파랗게 질리셨는데요. 몸도 많이 떨고 계시고. 옷이라도 말리고 가서야지 그 상태론 무리 같습니다."

"……."

대꾸 없이 짝귀만 내려다보는 반야.

"그렇구나. 너도 쉬어야 하는구나. 배도 고플 테고."

이러지도 저러지도 못하던 반야는 짝귀의 등에서 가만히 내려섰다. 그리곤 손목에 차고 있던 장신구를 풀어 객잔 주인 앞에 내밀었다.

"저기… 죄송하지만, 너무 급히 나오는 바람에 돈을 갖고 나오지 못해 그러는데 이걸로 한 끼 식사와 나귀의 여물을 먹일 수 있을까요?"

"……?"

물끄러미 반야를 보는 객잔의 주인. 돈이 문제가 아니라 반야의 눈이 엉뚱한 곳을 보고 있었기 때문이다.

"아가씨, 혹시 앞이 보이지 않는게요?"

"네. 부탁드립니다."

"……."

입까지 벌어진 채 기가 막힌단 표정을 감추지 못하는 주인. 그는 반야가 내민 손을 내려다보았다.

오한에 계속 떨고 있는 손. 비록 비에 흠뻑 젖어 물에 빠진 생쥐 꼴을 하고 있다지만 귀한 태를 가진 여인.

"이런, 어쩌다가? 아가씨, 걱정 말고 어서 안으로 드십시오. 소인이 따끈한 탕국을 대접해 드리겠습니다요."

지긋한 중년의 객잔 주인은 서둘러 반야의 팔을 잡아 안으로 이끌었다.

"여기 이쪽으로 앉으십시오."

"감사합니다."

"우선 이걸로 젖은 머리라도 닦으십시오."

반야를 객잔 가장 안쪽 자리로 데려다 앉힌 후 마른 수건까지 건네는 주인. 그는 거기서 그치지 않고 주방 숙수에게 소리 질러 음식을 준비시키고 다시 밖으로 달려 나가 짝귀의 여물까지 직접 챙겼다.

반야는 수건으로 젖은 몸을 닦았지만 한기에 떨리는 몸은 어쩔 수 없었다. 너무 오래 비를 맞은 탓이었다.

객잔엔 그녀가 들어설 때부터 다른 이들의 시선이 붙어 있었으나 반야는 의식할 여유조차 없었다.

주인장의 부지런함 때문이었는지 음식도 빠르게 준비되어 나왔다.

"드셔보십시오, 아가씨. 몸을 녹여줄 겁니다."

탕국을 직접 들고 온 주인.

"감사합니다. 이거 받으세요."

반야는 얼굴 가득 뜨거운 김을 피워 올리는 탕 그릇 앞에 두고 다시 한 번 인사를 하며 자신의 팔찌를 내밀었다.

하지만 주인이 손사래를 쳤다.

"하하, 아닙니다, 아가씨. 혹시 다음에 여길 지나시는 길이 있거든 그때 계산해 주십시오."

"……."

뜻밖의 말에 손이 무안해진 반야였다.

"알겠습니다. 여기 객잔 이름이 어떻게 되죠? 나중에 보내 드리겠습니다."

"하하, 양소객잔입니다. 그러 건 신경 쓰지 마시고 어서 드시기나 하십시오."

기분 좋은 주인장의 웃음.

반야는 운이 좋다고 생각했다. 외수를 쫓아 무림맹을 향해 가는 길에 자신감도 생겼다.

허기를 자극하며 앞에 놓인 탕 그릇.

반야는 천천히 숟가락을 찾아 들었다. 이렇게 간절할 수 없었다. 탕 한 그릇에 이런 감정을 가져 보긴 처음인 반야였다.

후룩.

"아……."

탄성이 절로 나왔다. 배고픔은 둘째 치고 온몸이 녹는 느낌. 반야는 태어나 지금까지 맛본 음식 중 가장 맛나고 행복한 음식을 먹고 있었다.

* * *

"가주, 위지세가로부터 전갈이 왔습니다."

"……."

팔이 날아간 어깨 상처를 돌보고 있던 편장우가 자신의 거처로 들어온 무망살을 쳐다보며 말이 없었다. 내용을 들어보지도 않아도 뻔해서였다.

"무척 다급해 보입니다."

"뭐라는데?"

다시 어깨 돌보는 일에 집중하며 퉁명스럽게 대꾸하는 편장우.

"궁외수, 그놈이 무림맹으로 가고 있다고 합니다. 자신들의 가담 사실이 알려진 것 같다고 어찌해야 되느냐 물어왔습니다."

"뭐?"

그제야 두 눈을 치뜨는 편장우.

"지금 세상이 난리라는군요. 그것 때문에 전 무림의 공격을 받을 지경이 되었다고. 해결책을 내놓거나 도와달라고 합니다."

"……?"

편장우가 벌떡 일어섰다.

"어쩌다가 노출이 돼?"

"그건 밝혀오지 않았습니다."

"이런?"

눈이 뒤집힌 편장우였다.

"가주, 어떡할까요? 위지세가가 노출되었다면, 그리고 그들이 공격을 받거나 추궁을 당한다면 다른 것도 밝혀지는 건 시간문제 아니겠습니까?"

"이이……."

무망살 중 우두머리 격인 적호(赤虎)란 자의 말에 이까지 갈며 분노를 금치 못하는 편장우.

"움직여야겠다. 너는 즉시 나가서 삼십 명만 추려라! 아니, 아니다. 너무 많이 움직이는 건 의심을 살 수도 있으니 열 명이 좋겠다. 열 명만 준비시키도록 해!"

"존명!"

적호란 무망살이 서둘러 뛰어나가자 정신이 어지러운 편장우도 아들 무열이 요양 중인 지하 밀실로 향했다.

"아버지, 무슨 일입니까?"

"몸도 성치 않으면서 뭘 하고 있느냐?"

편장우는 요양하고 있을 줄 알았던 무열이 검을 들고 연공을 하고 있자 질색한 표정으로 다가섰다.

"갑갑해서 그냥 있을 수가 있어야죠. 그래서 움직여 보는 중입니다. 그런데 어쩐 일입니까? 안색이……?"

"으음, 나갔다 와야겠다."

"어째서요?"

"위지세가, 이 바보 같은 놈들이 노출된 모양이다. 궁외수, 그놈이 무림맹을 들쑤실 모양이야."

"그래요?"

뜻밖에도 덤덤한 반응을 보이는 편무열.

"놀라지 않느냐? 우리 계획이 다 밝혀질 수도 있는 판에?"

"후후, 쉽게 까발려지진 못할 겁니다. 위지세가가 쉽게 인정하겠습니까? 아마 그들은 죽는 그 순간까지도 부정할 겁니다. 물론 그리되도록 우리가 조율을 해야겠지만. 같이 가시죠. 저도 가겠습니다."

"뭐? 괜찮은 것이냐?"

"아니요. 성친 않습니다만 이 정돈 견딜 수 있습니다. 가시죠. 궁외수 그놈이 뭘 어떻게 하는지 그놈 바로 옆에서 보고 싶습니다."

벗어놓았던 무적신갑을 다시 두르는 편무열.

그는 표정엔 미소를 흘리고 있었지만 속으로는 부서지도록 이를 악물고 있었다.

* * *

낙양 인근.

사람이 꽤 많이 붐비는 객잔이었다.

"어허, 이 친구들 여기서 다 만나는군. 자네들도 무림맹으로 가는 길인가?"

"왜 아니겠나. 그러는 자네들도?"

"하하하, 다들 관심사는 같은 모양이군. 그렇다네. 우리도 맹으로 가는 길이지."

객잔을 들어서는 네댓 명의 사내가 먼저 와 안쪽에 자리 잡고 있던 자들과 나누는 대화였다.

그들은 모두 복장에 나름의 멋을 내어 갖춰 입고 도검을 지니고 있어 한눈에 봐도 무림인들이라는 것을 알 수 있었다.

"그런데 이보게. 소식 들은 거 있나? 혈우사 궁외수 공자는 어디까지 왔다던가? 혹시 벌써 맹에 도착한 건 아니지?"

"그건 아닌 모양이더군. 아직 그런 소문은 듣지 못했네."

"그나저나 이거 앉을 자리조차 없군. 이 많은 이들이 모두 맹으로 몰려가는 사람들인 모양이군. 하하, 곤란한걸."

"어쩔 수 없지. 일단 비좁아도 우리와 같이 앉도록 하게."

"하하, 그래야겠군."

덩치라면 어디에서도 빠지지 않을 듯한 사내들이 한 자리에 옹기종기 끼어 앉았다.

"정말 장난이 아니구먼. 인파에 깔려 죽을 지경이야."

객잔 풍경은 정말 그러했다. 다들 서너 명, 또는 대여섯 명씩 합석들을 했는데 거기에 사람들은 계속 몰려들고 있었다.

그런데 그들과는 달리 전혀 다른 분위기의 두 사람이 눈에 띄었다. 달랑 두 사람만 자리를 차지하고 앉은 것도 모자라 다른 것엔 관심 없단 듯 고개까지 푹 처박고 음식 먹는 일에만 열중인 남녀.

젊은 남녀인 데다가 여인의 자태가 워낙 청초하고 영롱해 충분이 이목을 끌 만도 하건만 사람들은 다들 최근의 화제에만 빠져 있었다.

"이봐, 자네들은 어떻게 생각하는가. 궁외수 공자가 무림삼성과도 싸웠다는 소문 말일세."

"그러게. 그저 긴가민가할 뿐이네. 워낙 믿어지지 않는 말이라서 말이야. 무림삼성이 극월세가 자선행사장에 나타났다는 것도 그렇고, 게다가 한 사람도 아니고 세 분 모두를 그가 상대했다는 것도 당최 믿기지가 않아."

"하지만 한두 사람의 증언이 아니어서 의심을 하기엔 신빙성이 너무 높은걸."

"흠, 그게 사실이라면 그야말로 경이적인 일 아닌가. 그 친구의 무위가 경천동지할 지경이란 뜻이니."

"혈우사, 절대호위란 별명이 그저 붙었겠나?"

"후우, 정말 믿기지 않는군. 어떻게 그 나이에 그런 경지가 가능한 것인지. 후기지수 대회에서 우승했을 때 얘길 들어보면 특별하긴 했어도 그 정도의 경지는 아니었다고 했는데."

"하하, 어쨌든 다들 그걸 확인하러 몰려드는 것 아니겠나. 극월세가를 노리는 흉수들이 밝혀졌다고 하고, 그것 때문에 무림맹으로 향하고 있다고 하니 분명 그의 무위를 확인할 일이 있을 게야."

"그렇겠지. 솔직히 무지하게 기대가 커! 하하하!"

사람들의 대화에 고개를 처박고 있던 두 남녀 중 여인이 불안한 듯 마주앉은 사내에게 나직하게 속삭였다.

"공자님… 저들이 온통 공자님 얘기뿐이에요."

한가득 얼굴에 걱정을 매단 시시였다.

외수가 슬쩍 고개를 들어 돌아보았다. 그리고 사람들의 소리 듣지 못할까. 하지만 외수는 전혀 상관이 없는 사람처럼 다시 음식 쑤셔 넣는 일에만 매달렸다.

시시는 불안감을 억누를 수 없었다.

"여기서부턴 낙양이에요. 무림맹이 있는."

어떻게 할 것인지 궁금한 시시. 이 정도면 무림맹도 난리가 아닐 것이었다.

"시시, 다 먹었으면 일어날까?"

가타부타 말도 없이 아주 천연덕스럽게 일어나는 외수. 시시도 어쩔 수 없이 따라 일어났다.

그제야 사람들의 시선이 두 사람을 훑었다.

"엉? 저 친구……?"

"왜 그러나?"

지금까지 옆자리에서 떠들었던 자들 중 한 사람이 고개까지 갸웃대며 외수와 시시에게서 눈을 떼지 못했다.

"어이, 이보게."

외수를 부르는 소리였다. 하지만 외수는 전혀 못 들은 척 걸음만 이어갔다.

시시 역시 모른 체 바쁘게 쫓기만 했다.

"왜 그러나?"

"저 친구… 말이야. 궁외수 공자… 아냐?"

"뭐?"

그제야 동석한 이들이 다시 뚫어져라 두 사람을 살폈다.

시시와 함께 유유히 객잔을 빠져나가는 외수.

"에이, 설마. 그저 남녀 둘이잖아. 이런 일에 저렇게 움직이겠어? 수십 명 보좌할 자들과 같이 움직여도 모자랄 판에?"

"그런가? 소문에 들리는 인상착의와 많이 비슷해서."

"많군."

뒤뜰의 말고삐를 풀던 외수가 사람들이 오가는 길을 쳐다보며 혼자 중얼거렸다.

그러자 따라와 뒤에 선 시시가 물었다.

"무슨 뜻이에요? 많아서 좋단 뜻이에요, 신경이 쓰인단 뜻이에요?"

외수가 돌아보고 가볍게 씨익 웃었다.

"후후, 이렇게까지 들끓을 줄은 몰랐단 뜻! 신경이 쓰이는 건 아냐. 얼마나 남았지?"

"곧 관도가 나올 테니까 한두 시진 정도면 도착할 거예요."

"그래? 그럼 가보자고. 엇차!"

외수가 얌전히 선 시시를 달랑 들어 말 위에 앉혔다. 그녀 때문에 오던 길에 극월세가 지부에서 구해온 말이었다.

외수도 바로 뛰어 올라 움직였고 시시 말대로 얼마 가지 않아 쭉 뻗은 대로를 만날 수 있었다.

오가는 많은 사람들. 낙양이야 워낙 고도(古都)인 데다 인구가 많은 대도시지만 타지에서 몰려드는 이들로 더욱 북적이는 모습이었다.

"시시……."

외수의 낮은 목소리에 옆으로 앉은 시시가 돌아보았다.

이제 같이 말을 타는 것에 크게 거리낌이 없는 시시였다. 단지 지금처럼 시선을 마주했을 땐 너무 가까워 살짝 민망해할 뿐.

"네, 공자님."

"무섭지 않아?"

"……."

시시는 외수가 무엇을 말하는 것인지 모르지 않았으나 선뜻 대답이 나오지 않았다.

"무림맹에서도 싸울 일이 있을까요?"

"글쎄? 그런데 말이야, 시시. 희한하게도 칼을 손에 쥔 이후 내 의지와는 상관없이 계속 칼을 쓰는 일이 발생하더군."

"……?"

"지금까지는 그랬어. 무림삼성과도 그랬고, 공동파의 도사들과도 그랬지. 그래서 어떤 일이 생긴다 생기지 않는다 말할 수 없어."

시시는 시무룩해졌다. 외수의 말뜻을 알아듣기 때문이다.

칼을 든 자의 숙명 같은 것이었다. 거기에 외수는 자신의 태생적 운명까지 덧씌워져 있어 더욱 그러했다.

무인들의 세상. 시시는 가슴이 답답해졌다.

보성염가의 염설희 가주가 무인을 싫어하는 까닭도 설핏 헤아릴 수 있을 것 같았다. 단순히 무공을 익힌 사람이기 때문이 아니라 그들에게 따르는 숙명.

외수가 말한 것처럼 원치 않는 데도 어쩔 수 없이 계속 싸움에 휘말리게 되는 그들의 거칠고 험악한 삶이 무섭고 두려웠던 것이 아닌지.

거기다 외수는 본인은 모르고 있는 그의 신분은 더 크고 무서운 운명을 예고하고 있는 셈이었다.

시시는 어렵게 말문을 열었다.

"공자님, 세가의 위협이 제거되면… 정말… 떠나실 건가요?"

외수의 대답은 어렵지 않게 바로 나왔다.

"그래. 칼을 쥔 내가 있을 곳이 아니야."

"하지만 그 칼 때문에 우리 극월세가는 살아남았는걸요."

"……."

시시의 반박 같은 말에 외수가 물끄러미 쳐다보았다.

자신 없이 눈길을 피하는 시시.

"아가씨께서 무척 슬퍼하고 계세요. 저도… 물론… 슬프고요."

"시시, 나에겐 돌아가야 할 집이 있잖아. 곤양!"

"……."

"칼을 잡고 무공이란 걸 알아갈수록 내가 있어야 할 곳은 거기란 걸 깨닫게 돼. 그렇다고 칼이나 무공이 싫어졌다는 건 아니고, 거긴 내 문제를 야기할 것들이 없으니까 돌아가서 내게 안겨진 것들을 연구하고 싶을 뿐이야."

외수의 돌아서지 않는 마음에 시시는 자기도 모르게 버럭 소리를 질렀다.

"거긴 아무것도 없어요!"

"응?"

무심히 튀어나와버린 말.

"무슨 소리야. 내 모든 게 거기 있는데. 비록 바람둥이 한량이지만 아버지도 계시고."

"……."

시시는 꿀 먹은 벙어리가 됐다.

고개를 갸웃대며 시시를 보던 외수가 다시 말을 이었다.

"시시, 곤양으로 돌아갈 때 말이야……."

마음속에 담고 있던 말이었다. 하지만 그때 누군가의 고함

소리가 외수를 방해했다.
"궁외수 공자다!"
"……?"
뜨끔한 외수. 시시도 놀랐다.
그 바람에 길을 오가던 사람들의 눈이 일제히 외수와 시시에게 꽂혔다.
"틀림없어. 극월세가 절대호위 궁외수 공자야!"
외수를 기억하는 사람인 모양이었다.
"궁 공자! 궁 공자!"
순식간에 사람들이 외수를 에워쌌다.
"옆의 여인은 누구지? 편가연 가주인가?"
"아니야. 궁외수 공자를 보필해 항상 같이 다닌다는 시녀인 것 같군."
"그, 그래?"
사람들의 눈망울이 남녀노소 가리지 않고 말 위의 두 사람을 향해 반짝거렸다.
"오오, 생각보다 훨씬 헌앙한 청년이로군. 늠름해!"
"맞아. 우리도 재수가 좋군. 이렇게 길에서 먼저 만나는 행운을 얻어서. 하하하!"
사람들은 외수가 무언가 한마디 던져주길 기대하는 눈치로 저마다 지껄이고 있었다.
"그런데 왜 혼자지? 설마 혼자 온 건가?"

"그러게. 혼자네?"
그때 또다시 다른 누군가가 큰 소리로 외쳤다.
"궁 공자, 극월세가를 위협하는 놈들이 누굽니까?"
그러자 사람들이 다 같이 휩쓸렸다.
"맞아, 대체 어떤 놈들인 거야? 편장엽 가주를 살해하고 극월세가를 노리는 극악한 놈들이?"
"위지세가가 흉수 중 하나라는 소문이 사실이오?"
"어떻게 처벌할 작정인가?"
"위지세가가 왜 극월세가를 노린 것인지 말 좀 해주시오!"
순식간에 백여 명이 둘러싸 들끓었고, 그 난리에 멀리 있던 사람들도 마구 달려오고 있었다.
포위되듯 완전히 둘러싸인 외수. 말 위에 앉은 채 꼼짝도 할 수 없게 된 상황에도 그는 동요하지 않았지만 시시는 그렇지 않았다.
"공자님……?"
무서워하는 시시.
외수는 어쩔 수 없이 입을 열어야 했다.
"비켜주시오. 그런 것을 이 자리에서 밝힐 순 없소. 다만 극월세가를 노린 흉수들은 어떤 식으로든 대가를 치를 것이오."
차분한 외수.
"그렇소. 하나도 남기지 말고 반드시 응징해 주시오. 우리가 응원하겠소!"
 "맞아! 그런 놈들은 공적(公敵)으로 몰아 다 함께 처단해야 해! 궁 공자, 우리가 지켜보고 있소. 단 한 놈도 남기지 말고 모조리 처단하시오!"
 사람들의 열화가 용암처럼 들끓었다.
 "허허허, 새로운 영웅의 탄생이로군. 이보게들, 비켜주게. 저렇게 말 위에 앉아 있지 않은가. 이렇게 막고 있으면 어떡하는가?"
 나이든 누군가의 말에 그제야 사람들은 옆으로 물러서며 길을 트기 시작했다.
 "궁외수 공자 만세!"
 "극월세가 만세!"
 물결치는 사람들의 함성 속에 외수는 천천히 나아갔다.
 "곤란하군."
 난감해하는 외수. 자꾸만 몰려드는 이들로 인해 빨리 달릴 수도 없었다. 사람들은 길만 열었을 뿐 오히려 앞뒤로 더 많은 인파가 같이 따라서 움직였다.
 꼴을 보아하니 무림맹에 도착할 때까지 이 지경일 듯했다.

                    *   *   *

 "싫어! 싫다니까! 이거 놔!"

창왕 양사신의 손아귀에 잡혀 낙양 무림맹 정문 앞까지 날아온 조비연은 뒷덜미를 움켜쥔 그의 손을 뿌리치려 갖은 앙탈을 다 부려댔다.

하지만 의천왕씩이나 되는 인간의 공력을 무슨 수로 이겨내랴. 그녀의 앙탈은 귀여운 몸부림에 지나지 않았다.

"그 녀석 참 시끄럽구나."

"안 이러게 생겼어요? 본인 의사는 상관도 않고 다짜고짜 끌고 오는데? 씨!"

비연이 금방이라도 울 것처럼 시뻘게진 눈으로 째렸다.

"말했잖느냐. 구암 선배의 비도를 회수하겠다고. 어라, 너 울려고 그러느냐?"

"내가 준 걸 왜 영감님이 회수하겠단 건데요? 도망 안 갈 테니까 이거나 놓고 얘기해요!"

버럭버럭 성질을 부리는 비연.

"어째서 그 녀석에게 준 것이지?"

양사신이 잡고 있을 이유가 없단 듯 바로 놓아주자 비연이 흐트러진 옷을 여미며 더욱 뾰쪽하게 반응했다.

"글쎄 영감님이 왜 그걸 궁금해하냐고요! 내가 비도를 찜을 쪄 먹었든 엿을 바꿔 먹었든 무슨 상관이에요?"

"뭐야?"

안면을 구긴 양사신. 소혼천녀 이쌍년이 비꼬며 끼어들었다.

"연모한 사이란다."

비연의 눈초리가 즉각 홱 돌아갔다.

"누가 그런 사이래요? 마음대로 마구 얘기하지 말아요!"

양사신이 악을 쓰는 비연을 지그시 노려보았다.

"흠, 사연이 있는 게로군."

이쌍년과 마찬가지로 양사신 역시 대번에 비연의 속사정을 꿰뚫어 읽고 있었다.

"아녜요, 아녜요. 그런 거 없으니까 더 얘기하지 말아요."

"아니긴 녀석아. 네가 그 녀석을 극구 안 만나려고 하는 것부터 오히려 그렇다고 말하고 있고만."

"시답잖은 소리 말고 돌아가요. 당장!"

"흐훗, 녀석하곤. 걱정 마라. 네 상처는 안 건드릴 테니. 사실 비도를 회수하기 위해 온 것이 아니다. 그놈이 과연 구암 선배의 비도를 가질 자격이 있는 놈인지 그것을 확인하고 싶은 것뿐이야."

"흥, 관둬요. 내가 자격도 없는 사람에게 줬을까 봐?"

"껄껄, 사랑에 눈먼 놈하고 우리가 보는 눈이 같을까. 직접 봐야겠다. 과연 세상을 이처럼 시끄럽게 할 만큼 잘난 놈인지."

"싫어요. 난 절대 안 만나요. 그와 마주치고 싶지 않아요."

"어째서냐? 그렇게 꺼려할 정도로 녀석과 마주치면 안 되는 이유는?"

"그가 날 마주하면 괴로워할……."
비연이 무심코 받아치다 말을 끊었다.
양사신의 눈매가 지그시 휘어졌다.
"혹시… 네 얼굴의 상처, 그 녀석 때문에 생긴 것이더냐?"
"……."
대꾸를 않고 노려보는 비연의 눈시울이 더욱 뜨거워졌다.
다시 이쌍년이 거들었다.
"맞아. 무슨 까닭인지 몰라도 그놈 짓인 거 같아."
비연에게서 시선을 못 떼는 양사신의 표정이 무거워졌다.
"흠, 고약한 놈이로군. 여자의 얼굴에 칼자국을 남기다니. 쯧쯧. 그러니 더 궁금해지는군. 반드시 확인해 봐야겠어."
양사신이 몰려든 사람들로 북적대는 무림맹 정문 쪽을 돌아보았다.
"아직 도착하지 않은 모양이군."
돌아보는 양사신의 눈초리가 예사롭지 않았다. 작은 흠이라도 보인다면 결코 용서하지 않을 듯한 눈빛.
그 상태로 멀리 관도까지 훑어본 그는 광장 한쪽의 객관을 턱짓으로 가리켰다.
"누이, 사람도 많고 맹 안에 반길 사람도 없으니 저기서 기다립시다."

*   *   *

후루룩, 얌얌.

객잔 내의 시선이 모두 붙어 있었지만 반야는 허기를 달래는 데만 집중해 있었다.

"아가씨, 보호자도 없이 어찌 혼자 나오신 겝니까? 혹시 길을 잃으신 겁니까?"

반야가 식사를 마치도록 계산대 쪽에 기대어 있던 객잔 주인이 다가와 걱정스레 물었다.

"아닙니다. 목적지를 향해 가던 길에 비를 만났을 뿐입니다."

반야가 일어나 꾸벅 인사를 했다.

"덕분에 추위와 허기를 달랬습니다. 베풀어주신 은혜 잊지 않겠습니다."

"어엇, 벌써 가시려고요? 뜨거운 차를 준비 중인데 좀 더 몸을 녹이고 일어나도록 하십시오. 아직 옷도 다 마르지 않은 듯한데……."

"아닙니다. 충분히 몸을 녹였습니다. 그리고 바빠서."

손을 더듬으며 자리를 나서는 반야.

"거참."

안타까운 표정을 지우지 못하는 주인이 어쩔 수 없단 듯 그녀의 팔을 잡아 바깥으로 인도했다.

"짝귀, 많이 먹었어?"

푸르륵 푸륵.

탕까지 얻어먹고 나온 반야는 다가서는 짝귀의 이마를 쓰다듬어 주었다.

객잔 주인이 걱정을 붙였다.

"어디를 가시기에 이처럼 바삐 가십니까?"

짝귀의 고삐를 잡고 등을 더듬어가는 반야.

"낙양으로 가는 방향을 가르쳐 주시겠어요?"

"낙양이라면 저쪽이긴 한데……."

무심코 팔을 뻗어 방향을 가리키던 주인이 문득 맹인이란 사실을 새삼 깨닫고 놀라 돌아보았다.

하지만 반야는 아랑곳 않고 미소를 띠었다.

"짝귀, 알아들었지? 아저씨께서 가리킨 방향으로 가야 돼?"

푸륵 푸륵.

알아들었다는 듯 아래위로 머리를 흔들어대는 짝귀.

그 모습에 객잔 주인이 더욱 걱정스런 얼굴을 했다.

"아니 아가씨, 그 먼 곳까지 혼자 가신단 말입니까?"

"호호, 여기 짝귀가 있잖아요."

결코 혼자가 아니란 듯 웃어 보이는 반야.

"당나귀잖습니까. 나귀 한 마리에 의지해 하남의 낙양까지? 말도 안 됩니다. 인근도 아니고, 더구나 빈손에 앞도 못 보시는 분이……."

"괜찮습니다. 보통 나귀가 아니거든요."

반야는 객잔 주인의 걱정을 뒤로 하고 짝귀의 등에 올랐다.

"그럼 다시 뵙겠습니다. 고마웠어요."

"이런, 제가 말릴 일이 아닌가 보군요. 어쨌든 살피고 살피며 조심해 가도록 하십시오."

"네, 고맙습니다."

인사가 끝나자 짝귀가 돌아서 움직이기 시작했다. 주인이 가리켰던 방향과 정확히 일치했다.

"그것 참……."

안타까운 주인의 걱정과 우려가 떨어지지 않고 따라붙고 있었지만 반야와 짝귀는 아무런 문제없단 듯 유유히 멀어져 갔다.

반야가 떠나고 멀지 않은 시간. 양소란 이름이 붙은 그 객잔에 갑자기 한 떼의 무리가 들이닥쳤다.

"이보게, 혹시 여기 앞을 보지 못하는 어린 여인 한 분이 지나지 않았는가? 나귀를 타고 있었을 텐데."

"……?"

객잔 주인뿐 아니라 객잔 내 반야를 보았던 모든 이들이 놀라 쳐다보았다.

"보, 보았소. 이곳에서 식사를 하고 떠났소."

객잔 주인장의 말에 보성염가 최고 무사 초묵연의 안색이 더욱 급해졌다.

"언제? 얼마나 되었는가?"

"아직 채 한 시진도 되지 않았습니다만."

"혼자시던가? 다친 곳은 없고?"

"그, 그렇소. 비에 흠뻑 젖은 채 와서 식사를 마친 뒤 곧바로 낙양으로 간다고 했소."

초묵연뿐 아니라 위압적인 무사들의 모습에 다소 겁을 먹은 객잔 주인. 더구나 복장에 보성염가 표식이 선명히 새겨진 것을 확인하곤 더욱 긴장할 수밖에 없었다.

급한 초묵연이 바로 신형을 돌려 객잔을 나서며 소릴 질렀다.

"들었느냐? 아직 멀리 가진 못하셨을 것이다. 엇갈릴 수도 있으니 모든 길을 나누어 쫓아가 모시도록 한다."

다시 우르르 빠져나가는 무리들.

그때 주인이 마지막 한 사람을 잡고 급히 물었다.

"이보시오. 그 아가씨가 보성염가의 사람이었소?"

"그렇다! 낭왕 염치우 대협의 친손녀이시고 보성염가 염설희 가주의 유일한 핏줄인 염반야 아가씨다!"

"헉?"

눈알이 튀어나올 듯이 놀라는 객잔 주인.

그사이 위사 무리는 모두 빠져나가 타고 온 말들을 몰고 달려가는 소리만 남겼다.

바람을 몰고 297

"세상에. 그런 분이 어째서 혼자……."

놀란 것은 객잔 주인만이 아니라 다른 손님들 모두가 그랬다.

모두가 얼을 빼고 있는 그때, 한쪽 구석 전혀 다른 눈빛을 보이는 이들이 있었다.

부부로 보이는 무척 늙은 두 늙은이와 젊고 어린 여자.

"할머니, 낭왕의 손녀라는데요?"

"그래, 들었다. 똑똑히!"

노소 여자의 대화에 추괴한 몰골의 영감이 비릿한 웃음을 머금었다.

"이거 재미있군. 잘하면 횡재할 수도 있겠어."

"할아버지, 횡재라고요?"

"그렇다. 흐흐흐."

길게 늘어지는 영감의 웃음.

"무슨 횡재요? 그녀를 찾아 보상금이라도 받으시게요?"

"이런? 몇 푼 돈 따위를 횡재랄 수 있느냐. 그것보다 낭왕 염치우의 손녀라지 않느냐."

"그게 왜요?"

스무 살 남짓 어린 여인이 제법 예쁘장한 눈을 껌뻑거렸다.

그녀는 나이를 가늠하기도 어려울 만큼 기괴하게 생긴 두 늙은이에 비하면 천사라고 해도 될 만큼 모자람이 없었다. 흰 피부에 이목구비가 뚜렷하고 몸매도 늘씬한 데다 검을 찬 인상도 나를 빼어났다.

"지금 그런 말하고 있을 시간 없다. 일어나라. 그 아이를 우리가 먼저 찾아야 한다. 가면서 설명하마!"

노괴를 따라 노파가 망설임도 없이 커다란 지팡이를 챙겨 일어나자 어리둥절한 표정의 그녀도 어쩔 수 없단 듯 투덜거리며 일어났다.

"뭐예요. 이 집 음식이 꽤 맛있는데. 별거 아니기만 해봐요. 가만 안 있을 테니까."

"호호호, 녀석아. 다 너를 위해 하는 일이다. 따라오기나 해라."

*　　*　　*

멀리 거리가 술렁이기 시작했다.

그리고 무림맹 앞 광장의 사람들도 웅성거리기 시작하더니 모두 다 그리로 달려갔다.

"흠. 그 녀석이 도착하는 모양이구려, 누이."

삼 층 객잔 가장 높은 노대 난간에 한쪽 팔을 걸치고 앉아 가볍게 술로 목을 축이고 있던 창왕 양사신이 아래를 내려다보며 지그시 째렸다.

비연을 안쪽에 두고 역시 난간 쪽으로 마주 앉은 소혼천녀 이쌍년도 느릿한 동작으로 돌아보았다.

별로 반가울 것도 없단 표정.

그러나 비연의 안색은 무척 상기되고 긴장되어 있었다. 힐끔 쳐다보긴 했으나 바로 시선을 거두어 고개를 푹 처박는 그녀.

곧이어 사람들의 함성이 들렸다.

와와와—

"궁외수 공자다. 드디어, 정말 그가 왔어!"

그 소리에 비연의 안색은 더욱 무거워졌다. 끌려오긴 했어도 그가 나타나지 않길 바랐던 마음이 간절했었다.

"흠, 제법 분위기가 살벌하군."

양사신이 무림맹 정문의 움직임을 살펴보며 뱉은 말이었다.

거기에 힘을 잃은 비연이 대꾸했다.

"그를 노리는 자들이… 있을 거예요."

"응?"

뜻밖에도 입을 연 비연을 돌아보는 양사신. 그녀를 지그시 눌러보았다.

비연이 중얼거림을 이어갔다.

"극월세가를 노리는 적들, 그리고 무림맹과 사이가 좋지 않아요."

양사신이 즉각 되물었다.

"무슨 소리냐? 무림맹과 사이가 나쁠 이유가 따로 있어?"

"무림맹주 육승후, 문상 공약지, 그리고 무림삼성과도 시비가 있었어요. 또 공동파와도 작지 않은……."

"뭐라? 무슨 일이 있었기에 그들과……?"

어이가 없단 듯 휘둥그레지는 양사신.

어찌 아니 그럴까. 아무리 극월세가의 위명이 대단하다 해도 무림 세력이 아닌 상가일 뿐인데 무림의 거성(巨星)들과 문제라니? 그것도 하나둘도 아니고.

대꾸 없이 숙여진 고개만 유지하고 있는 비연.

다소 놀랍단 표정의 양사신이나 지그시 바라보는 이쌍년이나 그녀를 더 다그치지 않았다.

그러는 사이 사람들의 움직임 속으로 말을 탄 궁외수가 두 사람의 눈에도 들어왔다.

"저놈이로군."

양사신의 말에 비연의 고개는 차마 볼 수 없단 듯 반대쪽으로 더 깊이 돌아가 버렸다.

양사신이 혼잣말처럼 다시 지껄였다.

"같이 탄 여자 아인 누구지? 편장엽의 딸인가?"

비연이 또 대꾸만 했다.

"시녀일 거예요. 그녀가 같이 올 이유가 없으니까."

"그래? 녀석, 편장엽의 딸도 꽤 미인이라 하던데 시녀까지. 여복이 많군."

비릿한 미소를 머금은 채 슬그머니 비연을 돌아보는 양사신. 물론 방금 한 말에 비연도 포함시킨 것이었다.
 하지만 비연은 아예 못 보고 못 듣는단 듯 질끈 눈을 감아 버렸다.
 양사신이 다시 아래로 눈을 돌렸다.
 구름 같은 군중들. 그들에게 파묻히듯 둘러싸여 무림맹 정문을 향해 천천히 이동해 가는 궁외수.
 "흠, 어디 무슨 일이 어떻게 벌어지는지 한 번 천천히 내려가 볼까."
 외수의 움직임을 노려보고 있던 양사신이 그가 무림맹 정문 도착하자 슬그머니 자리를 털고 일어났다.
 "가시죠, 누이!"
 양사신의 재촉에도 이쌍년은 꼼짝 않고 비연만 응시하고 있었다.
 비연이 대꾸했다.
 "가려면 두 분이나 가세요. 전 절대 그 사람 앞에 나서지 않을 거예요."
 "……."
 말없이 노려보는 이쌍년의 눈매가 깊어졌다.
 비연이 두 사람을 외면한 상태로 말을 이었다.
 "부탁인데 그를 건들지 마세요. 더 큰 문제가 야기될 테니까."
 느긋한 자세의 이쌍년이 받아쳤다.

"무슨 뜻이냐?"

"그가 안고 있는 문제예요. 아마 보게 되면 알게 될지도 모르겠어요. 그러니 제발 건들 생각하지 말아요. 비도 따위 회수하겠단 생각 같은 거… 아예 하지도 말아요. 말했듯이 그가 가지는 게 아니라 원주인인 북해빙궁의 궁주에게 갈 물건이에요. 그를 건들면 정말 무서운 상황을 보게 될 거예요."

"……."

기색을 살피듯 말없이 노려보는 이쌍년. 전혀 움직일 것 같지 않던 그녀가 비로소 양사신을 따라 일어났다.

"여기 있거라. 꼼짝 말고!"

객잔은 한산했다. 조금 전까지만 해도 발 디딜 틈 없이 북적대던 곳이 궁외수의 등장과 함께 모두 달려 나가 버린 탓이다.

삼 층 노대에서 양사신과 같이 아래로 내려와 문을 향해 가던 이쌍년이 문득 걸음을 우뚝 멈추었다.

창 쪽에 앉아 밖을 내다보고 있는 자들. 그들에게서 느껴지는 강한 기운 때문이었다.

모두 네 명이었는데 시중을 드는 점소이들이 주변을 얼쩡거리고 있을 뿐 그들 외에 자리를 차지한 다른 이들은 없었다.

이쌍년이 신형을 멈추자 앞서 걷던 양사신도 걸음을 멈추고 그녀와 시선을 같이 했다.

"……?"

지그시 누르는 시선. 그도 이쌍년과 마찬가지로 범상치 않은 이들이란 사실을 확인했다.

이쌍년이 노려보다 먼저 육중한 걸음을 옮겨갔다.

턱!

불룩하게 튀어나온 이쌍년의 명치끝에 닿는 칼끝. 앉아 있던 자들 중 가장 바깥쪽에 앉은 사내가 저지를 하며 겨눈 것이었다.

물론 칼집이 씌워진 상태였지만 이쌍년은 걸음을 멈출 수밖에 없었다.

"뭐지?"

돌아보지도 않고 앉은 상태 그대로 서릿발 같은 살기를 피워 올리며 용건을 묻는 사내.

이쌍년의 예감이 맞았다. 예사로운 기운들이 아니었다. 중원에선 쉽게 마주칠 수도 없는 놀라운 수위를 지닌 자들.

"너, 칼 좀 쓸 줄 아는 인간이로구나."

칼끝을 가져다댄 자의 뒤통수를 내려 보는 이쌍년의 눈에서 섬뜩한 광채가 번뜩였다.

"……?"

현 일월천 철혈마군 수장 혈우폭마 연우정. 교주 첩혈사왕을 보좌해 앞에 앉은 그가 그제야 눈초리를 찢은 채 슬그머니 돌아보았다.

"너, 뭐냐고 물었잖아?"

이쌍년은 다시 한 번 확인했다. 분명 상대도 자신과 양사신의 내력을 감지했을 것인데 전혀 긴장하거나 동요하는 빛이라곤 보이지 않았다.

"칼 치워라. 손모가지 날아가는 수가 있다."

"……."

올려다보는 연우정의 찢어진 눈매에 비릿한 미소까지 더해졌다.

"흐흐, 그래? 어디 한 번 날려보시지, 할망구!"

푸욱.

푹신한 뱃살에 더 깊이 칼끝을 밀어 넣으며 느물느물 일어서는 연우정.

그때 이쌍년의 자신의 배를 찌른 칼을 잡아갔다.

뜨드득—

칼집을 움켜쥔 이쌍년의 힘과 연우정의 버티는 힘이 부딪치며 칼에서 괴상한 소리가 났다. 마치 칼집과 도신이 뒤틀려 터져 버릴 듯한 소리.

"……?"

생각보다 강한 힘이 버텨오자 연우정의 인상이 일그러졌다.

쓰릉—

여지도 없이 반대편 손으로 도신을 뽑아가는 연우정.
 타협을 모르는 거친 성향을 가진 인간답게 망설이는 법이 없었다. 상대가 어떤 자이건 최대한 빠르고 효율적으로 베겠단 의지뿐.
 뽑혀 나온 칼과 그것을 확인하는 이쌍년의 눈이 무시무시한 섬광을 발하며 부딪치려는 그 위험천만한 순간에 묵직한 음성이 둘을 갈라놓았다.
 "그만두어라."
 특별할 것도 없이 무심하게 느껴지는 목소리.
 멈칫한 연우정이 두말 않고 슬그머니 물러났다. 그러나 이쌍년을 노려보는 눈매만은 열두 번도 더 갈아 마실 듯했다.
 이쌍년의 고개가 목소리의 주인에게로 돌아갔다.
 안쪽 창가에 느긋이 앉아 있는 초로의 인간. 이쌍년은 어딘지 허름하고 허술해 보이는 그의 모습이 진짜가 아니란 것을 눈치채고 있었다.
 "무슨 일이지, 늙은이?"
 여전히 느긋한 목소리.
 이쌍년이 빈 의자 하나를 당겨 털썩 마주앉았다.
 "술이나 한잔 다오."
 그녀의 행동과 말에 궁뇌천이 씨익 미묘한 미소를 지었다.
 그것이 단순히 재미있단 의미의 웃음인지, 아니면 죽음을 예고하는 웃음인지 이 자리의 누구도 알지 못했다.

이런 상황에 곽천기가 가만있을 사람이 아니다. 그는 궁뇌천의 비릿한 미소가 죽음을 적시하는 의미로 받아들였고, 곧바로 이쌍년을 위협했다.

"할망구, 모가지가 두꺼우면 칼 안 들어가는 줄 알아? 왜 이렇게 겁이 없지?"

서늘한 눈초리로 쨰려보는 이쌍년. 하지만 그녀는 상종도 않고 궁뇌천에게 입을 열었다.

"일월천이냐? 마교의 인간들이 어째서 이곳에 있는 것이냐?"

쪼르르.

말없이 채워지는 술잔. 궁뇌천이 직접 따르는 술이었다.

보고 있던 양사신이 이쌍년 옆에 나란히 걸터앉았다.

"나도 한잔 얻어 마셔 볼까."

아무런 대꾸 없이 양사신도 슬쩍 쓸어본 궁뇌천이 미소를 더욱 짙게 드리우고 바로 옆의 잔에도 술을 채워갔다.

쪼르르르…….

그의 행동을 보고 있던 이쌍년이 질문을 이었다.

"여기서 뭘 하는 것이냐?"

비로소 궁뇌천이 입을 열었다.

"유람!"

짧고 무심한 그의 대답에 이쌍년의 작은 눈매가 더욱 일그러졌다.

"밖의 저 아이와 무슨 관계냐?"

"어떤 아이?"

"지금까지 주시하고 있지 않았더냐."

"흠, 사람들이 웅성거리기에 내다봤을 뿐. 그런데 보다보니 꽤나 안면이 있는 친숙한 녀석이네. 그런데 그것이 왜?"

여전히 무심하고 느긋한 태도를 견지하며 자기 술잔을 입을 가져가는 궁뇌천.

"극월세가의 저 녀석을 안단 말이냐?"

"알지. 알면 안 되나?"

"저 아이가 목적이냐, 무림맹이 목적이냐?"

"글쎄? 유람이라고 말했을 텐데?"

"신분이 어떻게 되느냐?"

"그걸 알아서 뭐하려고?"

"……"

할 말을 없게 만드는 궁뇌천의 대꾸.

무척이나 깊은 눈으로 노려보던 이쌍년이 곽천기와 연우정, 그리고 궁뇌천 쪽으로 앉은 독조 소후연까지 다시 한 번 일일이 쓸어보며 말을 이었다.

"정체가 뭐든 목적이 무엇이든 여기서 분란을 일으킬 생각은 마라. 안 그래도 시끄러운 무림. 너희들까지 얽혀들면 걷잡을 수 없게 돼!"

궁뇌천이 마교주일 것이라곤 짐작도 못 하는 이쌍년이었다. 그저 마교의 끔찍한 인물 몇이 무림맹을 염탐하는 것 정도로만 받아들이고 있었다.

 원래 무림사에 관심을 두지 않던 이쌍년. 워낙 놀라운 기도를 지닌 인간들이 눈에 띄었던 터라 어떤 자들인지 확인해 보고 싶었던 것일 뿐 다른 의도는 애초에 갖고 있지도 않았다.

 경고성 말을 남긴 이쌍년은 바로 일어났다.

 양사신도 그녀를 따라 천천히 일어나자 황당해진 건 곽천기와 연우정이었다. 마치 찔려본 못 먹는 감이 된 기분.

 두 사람이 궁뇌천의 눈치를 보며 안달을 내고 있는 사이 이쌍년과 양사신은 객잔을 나서려 하고 있었다.

 그때 가든 말든 상관도 없단 듯 술잔을 입에 물고 있던 궁뇌천이 술잔을 내려놓으며 한마디를 던졌다.

 "이봐, 술 달라고 하지 않았던가?"

 돌아보는 이쌍년과 양사신.

 "흐흐, 그럼! 따라 놓은 술은 마시고 가야 예의지."

 곽천기가 지당하단 듯 두 사람을 노려보며 열심히 고개를 끄덕였다. 감히 누가 따른 술인데. 흥분 탓에 킁킁 콧김까지 뿜어대는 곽천기였다.

 너무도 무표정해 도리어 서늘해 보이는 얼굴의 이쌍년이 대꾸했다.

 "그렇군. 마신 걸로 치겠다."

 "뭐얏? 마신 걸로 쳐?"

 기어코 곽천기가 광분하고야 말았다. 그에게 있어 감히 하늘보다 높은 지존을 능멸하는 화를 참을 수 없는 것이다.
"이 돼지 뚱보 할망구가!"
카랑—
장포 속에서 빠르고도 매섭게 뽑혀 나오는 칼.
하지만 궁뇌천의 손이 더 빨랐다.
툭!
가만히 탁자를 내려치는 손.
그러자 따라 놓은 두 술잔 속 술이 튀어 올랐다. 한 방울도 남기지 않고.
그 튀어 오른 술은 가볍게 펄럭인 궁뇌천의 손짓에 의해 놀라운 파공성을 일으키며 문 앞에선 이쌍년과 양사신을 덮쳐 갔다.
"……?"
쉬익! 쉬쉬쉭—
곽천기와 연우정은 안다. 의기만으로도 상대를 죽일 수 있는 궁뇌천의 공력이고 보면 쏘아진 술 방울에 의해 일어날 상황이야 너무도 빤한 것.
곽천기와 연우정이 그제야 속이 시원하단 듯 회심의 미소를 짓는 그때, 양사신이 두르고 있던 자신의 성명무기가 든 가방으로 황급히 응수했다.
동시에 이쌍년도 쏘아져 오는 술을 향해 오른손을 뻗었다.
타타탕!!

순간 고요해진 객잔. 장내에는 소리 없는 경악이 흘렀다.
"……!"
창왕 양사신이 받아내긴 했으니 부릅뜬 그의 눈이 상황을 설명해 주고 있었다.
한 발 정도 밀린 듯했다. 고작 경력이 실린 술 방울을 받아쳤을 뿐인데 신형이 밀리다니. 창왕의 놀람은 이만저만이 아니었다.
하지만 이쌍년의 상황은 조금 달랐다.
쏟아져 온 술을 맨손으로 휘감듯 휘젓더니 술 방울들을 손바닥 앞에 다시 하나로 뭉쳐(?)놓았다.
그 모습에 이번엔 곽천기와 연우정이 놀랐다.
첩혈사왕 궁뇌천의 공력을 손짓 몇 번으로 받아내는 할망구에게 어찌 놀라지 않을까.
곽천기와 연우정이 입을 벌리고 있는 그때, 이쌍년과 궁뇌천도 서로를 매섭게 응시하고 있었다.
쪼르륵.
이쌍년이 술을 뭉친 손을 얼굴 위로 가져가 고개를 젖히고 입 안으로 떨어뜨렸다.
꿀꺽.
한입에 삼켜 버리곤 다시 궁뇌천을 노려보는 이쌍년.
"되었느냐?"
궁뇌천은 처음과 마찬가지로 씨익 웃기만 했다.

"다시 보지 않길 바란다. 수하들 데리고 너희들 땅으로 돌아가!"

이쌍년은 미련 없이 객잔 문을 나섰다.

궁뇌천이 다시 술잔을 입으로 가져가며 더욱 짙은 미소를 물었다.

"역시 소혼천녀였군."

아무 일도 없었다는 듯이 술잔만 기울여 가는 궁뇌천.

그러나 양사신은 발을 떼지 못하고 있었다. 지금까지 만나 보지 못한 공력의 소유자를 본 뒤라 발도 눈도 떨어지지 않았다.

하지만 물끄러미 넋을 놓고 있을 순 없었다. 어쩔 수 없이 이쌍년을 따라 움직여가는 양사신.

그가 나가자 곽천기가 바로 묻고 나섰다.

"교주, 소혼천녀가 누굽니까?"

"과거 첩정각에서 그러더군. 백 년 내 백도 최고의 고수는 소혼천녀 이쌍년일 것이라고. 죽었다고 생각했는데 살아 있었군. 그녀야."

"예에?"

백도 최고의 고수란 말에 곽천기와 연우정이 눈을 희뜩거리자 독조 소후연이 거들었다.

"맞아. 우리 때만 해도 그 이름이 간간이 들렸었지. 중원의 숨은 진짜 힘이라고. 그리고 같이 있던 멀대같은 영감은 창왕 양사신이란 늙은이야."
　"……?"
　곽천기의 놀란 눈이 다시 이쌍년과 양사신의 뒤를 빠르게 따라붙었으나 두 사람의 모습은 이내 사람들 속으로 묻히고 말았다.

　　　　　＊　　＊　　＊

　헤아릴 수 없이 많은 사람들. 그 많은 사람들을 뚫고 외수는 무림맹 정문 앞에 섰다.
　살벌한 긴장감이 도는 무림맹 정문.
　입구를 지키고 선 위사들의 자세와 표정에서부터 현 상황의 엄중함을 말해주고 있었다.
　건장한 체격의 한 사내가 외수가 탄 말 앞을 저지하며 나섰다.
　"여긴 정도무림맹이다. 어디서 무슨 용무로 온 누구신가?"
　목소리도 자세도 무척 경직된 사내.
　"극월세가에서 온 궁외수라 하오. 무림맹주를 뵈러 왔소. 극월세가가 처한 상황을 알리고 그에 대한 도움을 청하고자 왔소."
　위사라고 모를까. 하지만 그는 그의 직분을 다했다.
　"미리 통지가 되지 않았다면 통보가 올 때까지 기다려야 하네."

"……."

"기다릴 텐가?"

"그러겠소."

묵묵한 외수.

딱딱한 격식이었다. 아니, 사태의 중대성에 비하면 쓸데없는 시간 낭비였다.

이미 소문은 났고 무림맹이나 맹주가 모를 리도 없는데 정문에서 막아 세워두는 건 사실 맹주 육승후와 문상 공약지가 외수에 대해 길들이기를 하겠단 수작이었다.

하지만 그럴수록 외수는 속으로 웃음을 짓고 있었다. 분란은 외수 자신이 원하는 것을 더욱 수월하게 얻게 해줄 것이기 때문이었다.

"후후, 무림맹이라. 이제 시작인 건가."

속웃음을 지은 채 정문 위 성벽을 올려다보는 외수의 눈매가 더없이 매섭게 번뜩이고 있었다.

『절대호위』 12권에 계속…

이제부터 전자책은
이젠북

www.ezenbook.co.kr

새로운 세계가 열린다!

김재한 『성운을 먹는 자』   철백 『대무사』
니콜로 『마왕의 게임』   가프 『궁극의 쉐프』
이경영 『그라니트:용들의 땅』   문용신 『절대호위』
탁목조 『일곱 번째 달의 무르무르』   천지무천 『변혁 1990』
강성곤 『메이저리거』   SOKIN 『코더 이용호』

이름만 들어도 황홀할 정도의 별들의 향연!
이들의 "유료연재"가 시작됩니다!

초대형 24시 만화방

신간 100%, 샤워실, 흡연실, 수면실(침대석), 커플석, 세탁기 완비

■ 강북 노원역점 ■

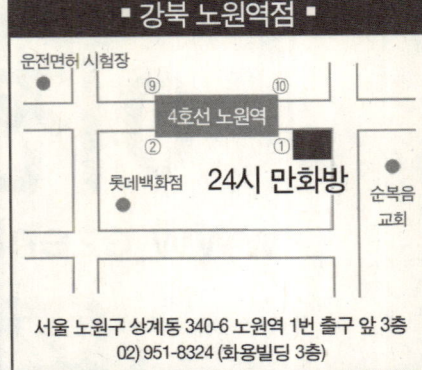

서울 노원구 상계동 340-6 노원역 1번 출구 앞 3층
02) 951-8324 (화용빌딩 3층)

■ 일산 정발산역점 ■

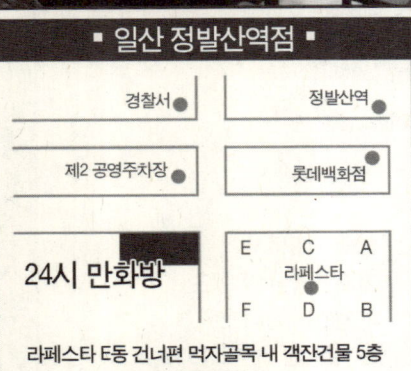

라페스타 E동 건너편 먹자골목 내 객잔건물 5층
031) 914-1957

■ 일산 화정역점 ■

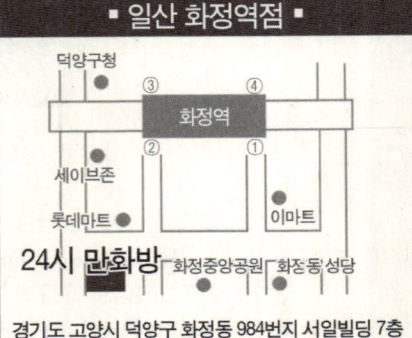

경기도 고양시 덕양구 화정동 984번지 서일빌딩 7층
031) 979-4874 (서일사우나 건물 7층)

■ 부천 역곡역점 ■

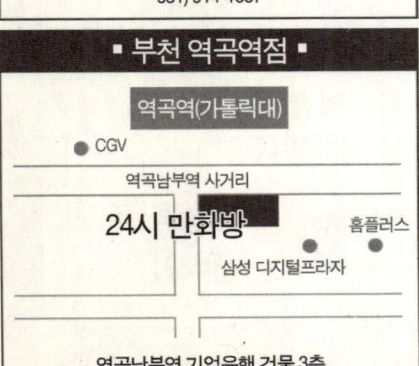

역곡남부역 기업은행 건물 3층
032) 665-5525

■ 부평역점 ■

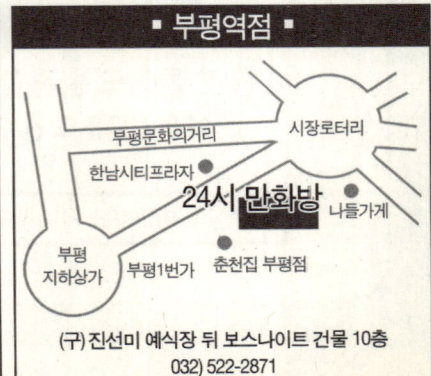

(구) 진선미 예식장 뒤 보스나이트 건물 10층
032) 522-2871

FUSION FANTASTIC STORY

성운을 먹는 자

김재한 퓨전 판타지 소설

『폭염의 용제』, 『용마검전』의 김재한 작가가 펼쳐 내는
이제까지와는 전혀 다른 새로운 이야기!

『 성운을 먹는 자 』

하늘에서 별이 떨어진 날
성운(星運)의 기재(奇才)가 태어났다.

그와 같은 날,
아무런 재능도 갖지 못하고 태어난 형운.
별의 힘을 얻으려는 자들의 핍박 속에서 한 기인을 만나다!

"어떻게 하늘에게 선택받은 천재를 범재가 이길 수 있나요?"
"돈이다."
"…네?"
"우리는 돈으로 하늘의 재능을 능가할 것이다."

Book Publishing CHUNGEORAM

유행이 아닌 자유추구 -
WWW.chungeoram.com

현대 소환술사

THE MODERN SUMMONER

FUSION FANTASTIC STORY
현윤 퓨전 판타지 소설

하늘이 무너져도 솟아날 구멍은 있다!

드래곤의 실험으로 모진 고난을 겪어야 했던 레비로스!
우여곡절 끝에 소환술사가 되어 최강의 자리에 오르지만
운명은 그를 나락으로 떨어뜨린다.

『현대 소환술사』

다시 한 번 주어진 삶!
그러나 그마저도 암울하기 그지없는데……

**소환술사 레비로스의
인생 역전이 시작된다!**

Book Publishing CHUNGEORAM
유행이 아닌 자유추구 -
www.chungeoram.com

FUSION FANTASTIC STORY

탁목조 장편 소설

천공기

탁목조 작가가 펼쳐 내는 또 하나의 이야기!

『천공기』

최초이자 최강의 천공기사였던 형.
형은 위대한 업적을 이룬 전설이었다.
하지만 음모로 인해 행방불명되는데…….

"형이 실종되었다고
내게서 형의 모든 것을 빼앗아 가?"

스물두 살 생일,
행방불명된 형이 보낸 선물, 천공기.
그리고 하나씩 밝혀지는 진실들.

천공기사 진세현이 만들어가는 전설이 시작된다!

Book Publishing CHUNGEORAM

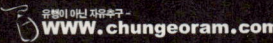

허담 新무협 판타지 소설
FANTASTIC ORIENTAL HEROES

신력을 타고났으나 그것은 축복이 아닌 저주였다.

『십자성 - 전왕의 검』

남과 다르기에 계속된 도망자의 삶.
거듭된 도망의 끝은 북방 이민족의 땅이었다.
야만자의 땅에서 적풍은 마침내 검을 드는데……!

"다시는 숨어 살지 않겠다!"

쫓기지 않고 군림하리라!
절대마지 십자성을 거느린
적풍의 압도적인 무림행이 시작된다!

Book Publishing CHUNGEORAM

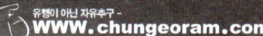

이계진입 리로디드

임경배 퓨전 판타지 소설
FUSION FANTASTIC STORY

『권왕전생』임경배의 2015년 신작!

『이계진입 리로디드』

왕의 심장이 불타 사라질 때,
현세의 운명을 초월한 존재가 이 땅에 강림하리라!

폭군으로부터 이세계를 구원한 지구인 소년 성시한.
부와 명예, 아름다운 연인…
해피엔딩으로 이야기는 끝인 줄 알았건만
그 대가는 지구로의 무참한 추방이었다.
그리고 10년 후…….

"내가 돌아왔다! 이 개자식들아!"

한 번 세상을 구한 영웅의 이계 '재'진입 이야기!

Book Publishing CHUNGEORAM

유행이 아닌 자유추구 -
WWW.chungeoram.com

paráclito

빠라끌리또

FUSION FANTASTIC STORY

가프 장편 소설

막장 비리 검사가
최고의 검사로 거듭나기까지!
그에겐 비밀스러운 친구가 있었다.

『빠라끌리또』

운명의 동반자가 된 '빠라끌리또'가 던진 한마디.

-밍글라바(안녕하세요)!

그 한마디는 막장 비리 검사, 송승우의
모든 것을 통째로 리뉴얼시켜 버렸다.

빠라끌리또=Helper, 협력자, 성령.

Book Publishing CHUNGEORAM

유행이 아닌 자유추구 -
WWW.chungeoram.com

철백 新무협 판타지 소설
FANTASTIC ORIENTAL HEROES

大武

대무사

> 피와 비명으로 얼룩진 정마대전의 종결.
> 그리고…
>
> "오늘부로 혈영대는 해산한다."
>
> 혈영대주 이신.
> 혈영사신(血影死神)이라고 불리는 그가
> 장장 십오 년 만에 귀향길에 올랐다.
>
> 더 이상 전쟁의 영웅도, 사신도 아니다!
>
> **무사 중의 무사, 대무사 이신.**
> **전 무림이 그의 행보를 주목한다!**

Book Publishing CHUNGEORAM

WWW.chungeoram.com